# 呪《のろ》ワレタ少《しょう》年《ねん》④

## 彼《かれ》だけに見《み》えるもの

佐《さ》東《とう》みどり　鶴《つる》田《た》法《のり》男《お》・作
なこ・絵



角川つばさ文庫

白《しろ》い服《ふく》に
赤《あか》い左目《ひだりめ》の
「呪《のろ》われた少年《しょうねん》」。
彼《かれ》の名前《なまえ》[redacted]を口《くち》にすると、
呪《のろ》われてしまうという……。
彼《かれ》は、
奇妙《きみょう》な模様《もよう》が浮《う》かび上《あ》がる
銀色《ぎんいろ》のペンで、
人々《ひとびと》をおそう
【災悪《さいあく》】の名前《なまえ》を当《あ》て、
町《まち》を呪《のろ》いから守《まも》っていた。
そんな彼《かれ》を追《お》う、
黒《くろ》い服《ふく》の少年《しょうねん》・
マコト。
「呪《のろ》われた少年《しょうねん》」とマコトの間《あいだ》には、
どんな秘密《ひみつ》がかくされているのか？
壊《こわ》井《い》ウワサ
白《しろ》い服《ふく》の「呪《のろ》われた少年《しょうねん》」。
災悪《さいあく》を倒《たお》すため、
銀色《ぎんいろ》のペンを持《も》ち、
町《まち》を旅《たび》している。
加《か》志《し》谷《や》マコト
黒《くろ》い服《ふく》の少年《しょうねん》。
ウワサを追《お》いかけている。
かつて、ウワサとは
友達《ともだち》だった。
ミリア
ウワサの前《まえ》に
現《あらわ》れる、謎《なぞ》の存在《そんざい》。

## これまでのおはなし

誰《だれ》かが、呪《のろ》われた少年《しょうねん》「壊井《こわい》ウワサ」の名前《なまえ》を言《い》ってしまうと、恐《おそ》ろしい災悪《さいあく》が生《う》まれる！

大《おお》きな口《くち》で人《ひと》を食《た》べようとする「花怪人《はなかいじん》」、人《ひと》をおそうたくさんのゴミの塊《かたまり》「ゴミ子《こ》さん」……。

ウワサは、災悪《さいあく》のもとへ向《む》かい、銀色《ぎんいろ》のペンで災悪《さいあく》の名前《なまえ》を当《あ》てて倒《たお》し、人々《ひとびと》を守《まも》ってきた。

そんなウワサといっしょに旅《たび》をする白《しろ》いウサギがいる。名前《なまえ》はミリア。ウワサのあとをついてくるだけの、不思《ふし》議《ぎ》な存在《そんざい》だが……？

# 目《もく》次《じ》

# ケース1

# 見《み》えない少《しょう》女《じょ》

「いい天気《てんき》でよかったね」

日曜日《にちようび》。

小学《しょうがく》5年生《ねんせい》の宮原新《みやはらあらた》は、両親《りょうしん》と小学《しょうがく》3年生《ねんせい》の妹《いもうと》・萌《もえ》とともに、車《くるま》で山《やま》へと向《む》かっていた。

「今日《きょう》は絶好《ぜっこう》の山登《やまのぼ》り日和《びより》ね」

助手席《じょしゅせき》に座《すわ》る母親《ははおや》がほほ笑《え》みながら言《い》う。

「山登《やまのぼ》りの後《あと》は、おいしいもの食《た》べような。焼肉《やきにく》とかいいなあ」

運転《うんてん》している父親《ちちおや》がそう言《い》って笑《わら》った。

山《やま》は、新《あらた》の家《いえ》から車《くるま》で2時間《じかん》ぐらいの場所《ばしょ》にある。

すでに1時間以上《じかんいじょう》走《はし》っていて、まわりの景色《けしき》はすっかり変《か》わっていた。

新《あらた》の住《す》んでいる場所《ばしょ》は、都市部《としぶ》にある。

だが今《いま》、車《くるま》の窓《まど》から見《み》える景色《けしき》は、田《た》んぼが広《ひろ》がり遠《とお》くに山々《やまやま》が見《み》えていた。

「お兄《にい》ちゃん、途中《とちゅう》で疲《つか》れたらおんぶしてね」

後部座席《こうぶざせき》に座《すわ》る新《あらた》の隣《となり》で萌《もえ》が言《い》う。

「そんなの嫌《いや》だよぉ」

「どうして？　妹《いもうと》が困《こま》ってたら助《たす》けるのが兄《あに》の役目《やくめ》でしょ」

「萌《もえ》はいつもそれを言《い》うよねえ」

萌《もえ》はすぐ新《あらた》を頼《たよ》りにしてくる。

そんな萌《もえ》に、新《あらた》はウンザリしていた。

そのとき、父親《ちちおや》が「あっ」と声《こえ》を漏《も》らした。

「お父《とう》さん、どうしたの？」

「いやあ、ガソリンを入《い》れるのをすっかり忘《わす》れてたよ」

「あなた、向《む》こうに着《つ》くまで大丈夫《だいじょうぶ》？」

「大丈夫《だいじょうぶ》だとは思《おも》うけど、あの辺《あた》りはガソリンスタンドがないかも。先《さき》に入《い》れておいたほうが安《あん》心《しん》だねえ」

父親《ちちおや》はそう言《い》うと、近《ちか》くのガソリンスタンドに寄《よ》ることにした。

「ほんと、いい景色《けしき》だよね」

ガソリンスタンドの休憩《きゅうけい》スペース。

両親《りょうしん》が車《くるま》のガソリンを入《い》れている間《あいだ》、新《あらた》と萌《もえ》はトイレに行《い》くことにした。

トイレを終《お》えて、新《あらた》たちは窓《まど》の外《そと》を眺《なが》める。

窓《まど》の外《そと》には田《た》んぼが広《ひろ》がっている。

普段《ふだん》あまり見《み》ない光景《こうけい》に、新《あらた》たちは思《おも》わず見入《みい》っていた。

「お兄《にい》ちゃん、そろそろ戻ろ」

ガソリンももう入《い》れ終《お》わった頃《ころ》だろう。

新《あらた》と萌《もえ》は休憩《きゅうけい》スペースを出《で》ることにした。

そんな2人《ふたり》を、入《い》り口《ぐち》にいた従業員《じゅうぎょういん》の女《おんな》の人《ひと》がチラリと見《み》た。

「あ、あなたたち……」

女《おんな》の人《ひと》は新《あらた》たちを見《み》て、目《め》を大《おお》きく見開《みひら》く。

「どうしたんですか?」

新《あらた》がたずねると、彼女《かのじょ》は急《きゅう》に怖《こわ》い顔《かお》をした。


**「こっちに来《こ》ないで!」**

「えっ？」

戸惑《とまど》う新《あらた》たちをよそに、女《おんな》の人《ひと》は走《はし》ってレジの奥《おく》へと逃《に》げてしまった。

「お兄《にい》ちゃん、今《いま》の何《なん》だったの？」

「さあ、何《なん》だろう⁇」

こっちに来《こ》ないでなんて言《い》われたのは初《はじ》めてだ。

「なんか、機嫌《きげん》が悪《わる》くなることしちゃったかな？」

新《あらた》はそう思《おも》うが、彼女《かのじょ》は怒《おこ》っているというより、どこか怯《おび》えていた。

「まあ、とりあえず車《くるま》に戻《もど》ろう」

ここにいても仕方《しかた》がない。

新《あらた》は萌《もえ》を連《つ》れて、休憩《きゅうけい》スペースから出《で》た。

瞬間《しゅんかん》、ちょうど休憩《きゅうけい》スペースへ入《はい》ろうとしていた男《おとこ》の人《ひと》とすれ違《ちが》った。

すれ違《ちが》いざま、男《おとこ》の人《ひと》は新《あらた》たちのほうを見《み》る。

突然《とつぜん》、大《おお》きな声《こえ》をあげた。

「うわあ！　こっちに来《く》るな！」

男《おとこ》の人《ひと》は悲鳴《ひめい》をあげると、あわてて停《と》めていた自分《じぶん》の車《くるま》へと戻《もど》る。

そしてそのままスタンドから走《はし》り去《さ》って行《い》った。

「何《なん》なの？」

先《さき》ほどの女《おんな》の人《ひと》と同《おな》じように、男《おとこ》の人《ひと》も新《あらた》たちを見《み》て怯《おび》えていた。

「僕《ぼく》たち、何《なに》かしたかな？」

新《あらた》は2人《ふたり》が怯《おび》えていた理由《りゆう》が分《わ》からず、ぼう然《ぜん》となってしまった。

その頃《ころ》。

田《た》んぼと田《た》んぼの間《あいだ》にあるあぜ道《みち》を、ひとりの少年《しょうねん》が歩《ある》いていた。

少年《しょうねん》は、白《しろ》い服《ふく》を着《き》ていて、左目《ひだりめ》が赤《あか》い色《いろ》をしている。

**壊井《こわい》ウワサだ。**

「どこにいるんだ……？」

ウワサは歩《ある》きながら、疲《つか》れた表情《ひょうじょう》でそう呟《つぶや》いた。

すると、道路《どうろ》の脇《わき》の草《くさ》むらから、白《しろ》いウサギのミリアが現《あらわ》れた。

**「なかなか見《み》つからないねえ」**

ミリアはピョンピョンと跳《は》ねながら、ウワサの横《よこ》にやって来《く》る。

「早《はや》くしないと襲《おそ》われる人《ひと》が増《ふ》えちゃうね」

軽《かる》い口調《くちょう》でミリアは言《い》う。

ウワサは一瞬《いっしゅん》ミリアを睨《にら》むが、何《なに》も言葉《ことば》を返《かえ》さなかった。

「もお～、そんなにカリカリしないでよ。気分転換《きぶんてんかん》にイヤホンでもつけたら？」

ミリアはそう言《い》って笑《わら》う。

それを聞《き》いた瞬間《しゅんかん》、ウワサは立《た》ち止《ど》まった。

**「今《いま》はそんなことをしている場合《ばあい》じゃないんだ！」**

ウワサは自分《じぶん》の手《て》を見《み》つめる。

そこには、銀色《ぎんいろ》のペンがあった。

ペンはわずかに宙《ちゅう》に浮《う》き、ペン先《さき》が前方《ぜんぽう》を指《さ》し示《しめ》していた。

災悪《さいあく》がどこかにいるのだ。

「絶対《ぜったい》に見《み》つけ出《だ》す。僕《ぼく》が何《なん》とかしなくちゃいけないんだ」

ウワサは前方《ぜんぽう》をじっと見《み》つめる。

その横《よこ》で、ミリアは「はいはい」と少《すこ》し呆《あき》れながらうなずいた。

「災悪《さいあく》を倒《たお》せるのは、キミだけだもんね。**ま、私《わたし》はキミがどうなろうと、最後《さいご》までただ見張《みは》るだけだけどね**」

ウワサが再《ふたた》び歩《ある》き出《だ》す。

ミリアはピョンピョンと跳《は》ねながら、ウワサについて行《い》くのだった。

「まあ、さっきのことは気《き》にしなくていいよ」

新《あらた》たちは、ガソリンスタンドから少《すこ》し離《はな》れたコンビニにいた。

飲《の》み物《もの》を買《か》おうと、店《みせ》に寄《よ》ったのだ。

父親《ちちおや》は新《あらた》から先《さき》ほどの出来事《できごと》を聞《き》き、笑《わら》いながらそう言《い》った。

「だけど、**あの人《ひと》たち、僕《ぼく》と萌《もえ》を見《み》て怯《おび》えてたんだよ**」

「だからそれは気《き》のせいだって」

父親《ちちおや》は飲《の》み物《もの》を手《て》に取《と》りながら言《い》う。

隣《となり》にいた母親《ははおや》も「ええ、そうね」と言《い》った。

「新《あらた》と萌《もえ》を見《み》て怯《おび》えることなんて何《なに》もないでしょ？」

「それは、そうだけど……」

新《あらた》はうなずくが、ひとりだけではなく、2人《ふたり》も同《おな》じように怯《おび》えていたのが妙《みょう》に気《き》になった。

その刹那《せつな》——、

**「ひぃぃぃ！」**


レジのほうから悲鳴《ひめい》が聞《き》こえた。

新《あらた》たちが驚《おどろ》いて顔《かお》を向《む》けると、店員《てんいん》がお菓子《かし》の棚《たな》の前《まえ》にいた萌《もえ》を見《み》ていた。

「どうしたの⁇」

萌《もえ》がお菓子《かし》を落《お》としてしまったのかもしれない。

新《あらた》たちは萌《もえ》に駆《か》け寄《よ》る。

すると、店員《てんいん》はそんな新《あらた》をじっと見《み》つめた。

「ひぃぃ、もうひとりいた！」

「もうひとり？」


**「君《きみ》たちは、どうして『赤《あか》』をつけてないんだ！」**

「ええ??」

「頼《たの》むから出《で》て行《い》ってくれ！」

店員《てんいん》は泣《な》きそうな声《こえ》で叫《さけ》ぶ。

「何《なに》を言《い》ってるんだ??」

父親《ちちおや》は店員《てんいん》に注意《ちゅうい》をしようとしたが、母親《ははおや》が声《こえ》をかけた。

「ね、ねえ」

母親《ははおや》は、店内《てんない》を見《み》ている。

見《み》ると、店《みせ》にいた客《きゃく》たちが、みな新《あらた》と萌《もえ》のほうに顔《かお》を向《む》けていた。

全員怯《ぜんいんおび》えていて、恐怖《きょうふ》に震《ふる》えている。

赤《あか》い帽子《ぼうし》をかぶっている小《ちい》さな男《おとこ》の子《こ》も、姉《あね》らしい女《おんな》の子《こ》にしがみついて怖《こわ》がっていた。

「何《なん》なんだ……？」

その姿《すがた》を見《み》て父親《ちちおや》は戸惑《とまど》う。

「お父《とう》さん、行《い》こう」

新《あらた》は父親《ちちおや》に言《い》う。

理由《りゆう》は分《わ》からないが、明《あき》らかに店《みせ》にいる人《ひと》たちは新《あらた》と萌《もえ》を見《み》て怯《おび》えている。

「あ、ああ、そうだな」

父親《ちちおや》は手《て》にしていた飲《の》み物《もの》を「元《もと》の場所《ばしょ》に戻《もど》しておいて下《くだ》さい」と店員《てんいん》に言《い》い、新《あらた》たちを守《まも》るようにコンビニから出《で》て行《い》った。


「まったく、どうなってるんだ」

「新《あらた》が言《い》っていたのは、気《き》のせいじゃなかったのかも」

父親《ちちおや》と母親《ははおや》は困惑《こんわく》しながら、停《と》めてあった車《くるま》へと戻《もど》る。

「ほらっ、2人《ふたり》とも早《はや》く乗《の》るんだ」

「う、うん」

父親《ちちおや》に言《い》われ、新《あらた》も萌《もえ》とともに後部座席《こうぶざせき》のドアへと向《む》かう。

「お兄《にい》ちゃん、さっきの人《ひと》が言《い》ってたの何《なん》だったのかな？」

萌《もえ》は店員《てんいん》が言《い》った言葉《ことば》が気《き》になるようだ。

「**『どうして赤《あか》をつけてないんだ』**、って言《い》ってたよね」

「うん、僕《ぼく》と萌《もえ》に向《む》かってそう言《い》ってた。赤《あか》かあ」

新《あらた》は首《くび》をかしげながら、自分《じぶん》の姿《すがた》を確認《かくにん》しようとした。

**「お兄《にい》ちゃん」**

ふいに、萌《もえ》が新《あらた》の服《ふく》の袖《そで》を摑《つか》んだ。

**「あの人《ひと》、どうしてレインコートを着《き》てるの？」**

「えっ？」

萌《もえ》は駐車場《ちゅうしゃじょう》の前《まえ》に広《ひろ》がる田《た》んぼのほうを指《ゆび》さす。

田《た》んぼの端《はし》に、ひとりの少女《しょうじょ》が立《た》っていた。

新《あらた》と同《おな》じぐらいの背丈《せたけ》だ。

新《あらた》たちの場所《ばしょ》からは後《うし》ろ向《む》きで顔《かお》は見《み》えないが、少女《しょうじょ》はなぜか赤《あか》いレインコートを着《き》ていた。

「今日《きょう》は一日《いちにち》晴《は》れだよね？」

朝《あさ》、天気予報《てんきよほう》を見《み》たとき、この辺《あた》りでは雨《あめ》は降《ふ》らないと言《い》っていた。

新《あらた》たちは不思議《ふしぎ》に思《おも》う。

すると、車《くるま》に乗《の》り込《こ》もうとしていた父親《ちちおや》が2人《ふたり》に声《こえ》をかけた。

「何《なに》してるんだい？　早《はや》く車《くるま》に乗《の》って」

「う、うん。だけどあの子《こ》が気《き》になって」

「あの子《こ》？」

新《あらた》は田《た》んぼに立《た》っている少女《しょうじょ》のことを父親《ちちおや》に話《はな》した。

だが、父親《ちちおや》はそれを聞《き》き、目《め》をパチクリさせた。

「そんな女《おんな》の子《こ》、一体《いったい》どこにいるんだい？」

「えっ？」

「あそこにいるよ」

萌《もえ》が指《ゆび》を指《さ》しながら言《い》うと、助手席《じょしゅせき》に乗《の》り込《こ》もうとしていた母親《ははおや》が田《た》んぼのほうに目《め》をやった。

そして、首《くび》をかしげた。


**「萌《もえ》、何《なに》言《い》ってるの？　誰《だれ》もいないじゃない」**


「ええ??」

新《あらた》と萌《もえ》は首《くび》をかしげる両親《りょうしん》をよそに、少女《しょうじょ》を見《み》つめる。

少女《しょうじょ》はたしかに赤《あか》いレインコートを着《き》て田《た》んぼの端《はし》に立《た》っている。

「ほらっ、あの赤《あか》いレインコートの――」

新《あらた》はさらに両親《りょうしん》に少女《しょうじょ》のことを説明《せつめい》しようとした。

その瞬間《しゅんかん》――、
少女《しょうじょ》がゆっくりと頭《あたま》を動《うご》かす。

次《つぎ》の瞬間《しゅんかん》、少女《しょうじょ》は頭《あたま》だけを180度《ど》回転《かいてん》させ、新《あらた》たちのほうに顔《かお》を向《む》けた。


**「うわああ!」**

新《あらた》と萌《もえ》は同時《どうじ》に悲鳴《ひめい》をあげる。

少女《しょうじょ》は、身体《からだ》を田《た》んぼのほうに向《む》けたまま、ゆっくりと彼《かれ》らのほうに歩《ある》いてきた。

顔《かお》だけが、新《あらた》たちのほうを見《み》ている。

その表情《ひょうじょう》は、不気味《ぶきみ》な笑《え》みを浮《う》かべていた。

「お父《とう》さん! お母《かあ》さん!!」

新《あらた》と萌《もえ》はあわてて2人《ふたり》に助《たす》けを求《もと》める。

だが、2人《ふたり》とも何《なに》が起《お》こっているのかまったく分《わ》からないようだ。

少女《しょうじょ》はさらに後《うし》ろ向《む》きのまま、新《あらた》たちに近《ちか》づく。

道路《どうろ》を越《こ》え、駐車場《ちゅうしゃじょう》に入《はい》って来《く》る。

「お兄《にい》ちゃん、こっちに来《く》るよ！」

「お父《とう》さん、何《なん》とかして!!」

「何《なん》とかって、２人《ふたり》とも何《なに》を怯《おび》えているんだい？」

「分《わ》かった。うそを言《い》って私《わたし》たちをだまそうと思《おも》ってるのね」

「そんなんじゃないってば！」

少女《しょうじょ》はさらに新《あらた》たちのもとへ近《ちか》づいて来《く》る。

そのとき、誰《だれ》かが駆《か》け寄《よ》って来《き》た。


**「早《はや》く逃《に》げて！」**


銀色《ぎんいろ》の髪《かみ》をなびかせ、少年《しょうねん》が声《こえ》をあげる。

ウワサだ。

「あれは君《きみ》たちだけを狙《ねら》ってるんだ！」

ウワサは新《あらた》と萌《もえ》を見《み》ながらそう言《い》う。

「あなたは誰《だれ》ですか？」

「いいから！　あれに捕《つか》まると意識《いしき》を失《うしな》って元《もと》に戻《もど》れなくなるんだ！」

「そんな！」

新《あらた》と萌《もえ》は目《め》を大《おお》きく見開《みひら》き、少女《しょうじょ》のほうを見《み》る。

少女《しょうじょ》は、後《うし》ろ向《む》きのまま、顔《かお》だけをこちらに見《み》せ、ゆっくりと近《ちか》づいて来《き》ている。

「君《きみ》、何《なに》を言《い》っているんだ??」

父親《ちちおや》はその言葉《ことば》に驚《おどろ》き、新《あらた》たちをウワサから引《ひ》き離《はな》そうとする。

ウワサは声《こえ》をあげた。


**「2人《ふたり》は災悪《さいあく》に襲《おそ》われそうになってるんです！」**


「さいあく？」

**「人《ひと》を襲《おそ》うこの世《よ》のものではない存在《そんざい》です！」**

父親《ちちおや》は意味《いみ》が分《わ》からないものの、その迫力《はくりょく》にたじろぎ、思《おも》わず立《た》ち止《ど》まった。

「君《きみ》たち早《はや》く！」

ウワサは萌《もえ》の手《て》を摑《つか》んだ。

「わっ」

そのまま萌《もえ》を連《つ》れてウワサは走《はし》り出《だ》す。

「君《きみ》も早《はや》く！　あれは人間《にんげん》じゃない！　君《きみ》たちにしか見《み》えないんだ！」

「ええっ⁇」

新《あらた》は赤《あか》いレインコートを着《き》た少女《しょうじょ》のほうを見《み》る。

頭《あたま》を180度《ど》回《まわ》して後《うし》ろ向《む》きに歩《ある》いている少女《しょうじょ》は、よく見《み》ると身体《からだ》がわずかに透《す》けていた。

たしかに人間《にんげん》ではない。

「早《はや》く！」

「う、うん！」

新《あらた》はウワサと萌《もえ》を追《お》って、あわてて駆《か》け出《だ》す。

「新《あらた》！　萌《もえ》‼」

両親《りょうしん》が叫《さけ》ぶ中《なか》、新《あらた》たちはコンビニの駐車場《ちゅうしゃじょう》を出《で》て、道路《どうろ》へと走《はし》って行《い》った。

「ねえ、一体《いったい》どういうこと？　あなたは誰《だれ》なの⁇」

新《あらた》と萌《もえ》は、コンビニの駐車場《ちゅうしゃじょう》から逃《に》げ、ウワサとともに路地裏《ろじうら》に隠《かく》れていた。

ウワサは２人《ふたり》を見《み》ながら、沈痛《ちんつう》な表情《ひょうじょう》を浮《う》かべる。

**「誰《だれ》かが僕《ぼく》の名前《なまえ》を言《い》ったんだ。そのせいでみんな呪《のろ》われてしまった」**

「呪《のろ》われる⁇」

「呪《のろ》われたら、災悪《さいあく》が現《あらわ》れて襲《おそ》われてしまう。今回《こんかい》はこの町全体《まちぜんたい》が被害《ひがい》に遭《あ》っているみたいなんだ」

「何《なに》を言《い》ってるのか全然分《ぜんぜんわ》からないんだけど」

「どうしてあなたの名前《なまえ》を言《い》ったら呪《のろ》われちゃうの？」

「それは」

ウワサは沈痛《ちんつう》な表情《ひょうじょう》のままうつむく。

だがすぐに奥歯《おくば》を噛《か》みしめ、再《ふたた》び顔《かお》を新《あらた》たちに向《む》けた。

**「やっとこの町《まち》に着《つ》けたんだ。君《きみ》たちはまだ災悪《さいあく》にやられていないから助《たす》かる。絶《ぜっ》対《たい》に僕《ぼく》が助《たす》ける！」**


ウワサはこの辺《あた》りに災悪《さいあく》が現《あらわ》れたことを知《し》り、数日間必死《すうじつかんひっし》に探《さが》していた。

しかし、災悪《さいあく》の姿《すがた》が見《み》えず、探《さが》し出《だ》すことに苦労《くろう》していた。

「あの災悪《さいあく》は、自分《じぶん》のことが見《み》える人間《にんげん》だけを狙《ねら》ってくるんだ」

「それって僕《ぼく》と萌《もえ》だけってこと？」

新《あらた》は、２人《ふたり》だけにあの少女《しょうじょ》が見《み》えていたことを思《おも》い出《だ》した。

「どうして僕《ぼく》たちだけなの？　僕《ぼく》たち何《なに》も悪《わる》いことしてないよ！」

そう言《い》いながらも、新《あらた》はガソリンスタンドでの出来事《できごと》を思《おも》い出《だ》した。

店《みせ》にいた人《ひと》たちは、新《あらた》と萌《もえ》を見《み》てなぜか怯《おび》えていた。

コンビニでも同《おな》じだった。

「町《まち》の人《ひと》たちは、僕《ぼく》たちが狙《ねら》われてるって知《し》ってたってこと⁇」

だからみな、新《あらた》たちを追《お》い出《だ》そうとしたのだ。

「そんなのって」

新《あらた》はますます恐怖《きょうふ》を感《かん》じる。

しかし、そんな新《あらた》にウワサがグッと迫《せま》った。

**「僕《ぼく》が何《なん》としても守《まも》るから！　僕《ぼく》は災悪《さいあく》を倒《たお》すことができるんだ」**

ウワサは真剣《しんけん》な顔《かお》つきで新《あらた》たちを見《み》る。

その目《め》には強《つよ》い意志《いし》が感《かん》じられた。

「お兄《にい》ちゃん、私《わたし》たち助《たす》かるんだよね……？」

萌《もえ》が怯《おび》えながら新《あらた》にたずねる。

「それは……」

自分《じぶん》たちが狙《ねら》われている理由《りゆう》も、目《め》の前《まえ》にいるウワサが何者《なにもの》なのかも分《わ》からない。

「だけど……」

新《あらた》は萌《もえ》の手《て》を強《つよ》く握《にぎ》り締《し》めると、ウワサをじっと見《み》つめた。

**「――あなたを信《しん》じる。僕《ぼく》と萌《もえ》を助《たす》けて！」**

その言葉《ことば》を聞《き》き、ウワサは大《おお》きくうなずいた。

そのとき――、

**「早《はや》くどこかに行《い》っておくれ！」**

路地《ろじ》の奥《おく》から声《こえ》がした。

見《み》ると、おばあさんがウワサたちのほうを見《み》ていた。

「あんたたち、あれに狙《ねら》われてるんだろう？　だったらここにいられちゃ迷惑《めいわく》だよ」

どうやらおばあさんは、そばに建《た》っている家《いえ》の住人《じゅうにん》らしい。

新《あらた》たちが災悪《さいあく》に狙《ねら》われているのを知《し》り、怯《おび》えていたのだ。

「どうして僕《ぼく》たちが狙《ねら》われているのを知《し》ってるの⁇」

ガソリンスタンドでもコンビニでも、この町《まち》の人《ひと》たちは新《あらた》と萌《もえ》が狙《ねら》われていることにすぐに気《き》づいた。

「そんなの決《き》まっているじゃないか。あんたたちは『**赤**《あか》』をつけてないからだ！」

「それって」

コンビニの店員《てんいん》も言《い》っていた。

新《あらた》は「赤《あか》……」と呟《つぶや》きながら、何気《なにげ》なくおばあさんのほうを見《み》る。

「あっ！」

おばあさんは、赤《あか》い服《ふく》を着《き》ていた。

「そう言《い》えば……」

新《あらた》は両親《りょうしん》の服装《ふくそう》を思《おも》い出《だ》す。

父親《ちちおや》は赤《あか》い線《せん》の入《はい》ったシャツを着《き》ていて、母親《ははおや》は赤《あか》いスカートをはいていた。

ガソリンスタンドで会《あ》った人《ひと》たちも、コンビニで会《あ》った人《ひと》たちも、みな赤《あか》い服《ふく》を着《き》ていたり、赤《あか》いものを身《み》につけたりしていた。

新《あらた》は自分《じぶん》の身体《からだ》を見《み》て、萌《もえ》を見《み》る。

「赤《あか》くないのは、僕《ぼく》と萌《もえ》だけだ」

2人《ふたり》は、赤《あか》いものを何《なに》もつけていなかったのだ。

「だから君《きみ》たちだけが……」

ウワサもようやく災悪《さいあく》が誰《だれ》をターゲットにしているか理解《りかい》した。

と、新《あらた》がおばあさんの背後《はいご》を見《み》て声《こえ》をあげた。

「あの子《こ》だ!」

赤《あか》いレインコートを着《き》た少女《しょうじょ》だ。

少女《しょうじょ》はおばあさんの横《よこ》を通《とお》り過《す》ぎ、ゆっくりと歩《ある》いて来《く》る。

おばあさんはその姿《すがた》にまったく気《き》づいていないようだ。

「お兄《にい》ちゃん、こっちに来《く》るよ!」

それを見《み》て萌《もえ》が新《あらた》の服《ふく》の袖《そで》にしがみつく。

「どこにいるんだ??」

ウワサは必死《ひっし》に少女《しょうじょ》のほうを見《み》る。

だが、何《なに》も見《み》えない。

「僕《ぼく》も赤《あか》いものなんかつけてないのに、それなのにどうして見《み》えないんだ」

そう言《い》いながら、ウワサは目《め》を大《おお》きく見開《みひら》いた。

「そ、そうか……」

**左目《ひだりめ》が、赤色《あかいろ》だったのだ。**


チョーカーの一部分《いちぶぶん》や服《ふく》の左《ひだり》の袖《そで》も赤《あか》い。

ウワサはそれらを確認《かくにん》する。

「だから僕《ぼく》は災悪《さいあく》に狙《ねら》われないんだ」

災悪《さいあく》は狙《ねら》っている相手《あいて》にしか見《み》えない。

「だったら――」

ウワサは銀色《ぎんいろ》のペンを構《かま》えながら新《あらた》に声《こえ》をかけた。

「災悪《さいあく》のいる場所《ばしょ》を教《おし》えて！」

「え、あ、あそこだよ！」

新《あらた》はこちらへと歩《ある》いて来《く》る少女《しょうじょ》を指《ゆび》さした。

見《み》えないのなら、見《み》えている人《ひと》にいる場所《ばしょ》を聞《き》けばいいのだ。

ウワサはペンを強《つよ》く握《にぎ》り締《し》める。

ペンの表面《ひょうめん》に見《み》たこともない奇妙《きみょう》な模様《もよう》が浮《う》かび上《あ》がる。

ウワサはペンを走《はし》らせると、宙《ちゅう》に青白《あおじろ》い炎《ほのお》が現《あらわ》れ、円《えん》が描《えが》かれた。

その円《えん》ごしに、新《あらた》の指《ゆび》さした方向《ほうこう》を見《み》ようとした。

だが、少女《しょうじょ》はその円《えん》を見《み》て、ニヤリと笑《わら》った。

瞬間《しゅんかん》、少女《しょうじょ》は素早《すばや》く道路《どうろ》の端《はし》に移動《いどう》する。

「ああ！　動《うご》いた！」

新《あらた》はウワサにそう言《い》う。

「くうっ！」

ウワサは焦《あせ》りながら円《えん》ごしに見《み》るが、どこにいるのかまったく分《わ》からない。

ケケケケケッ

少女《しょうじょ》が嬉《うれ》しそうに笑《わら》う。

その笑《わら》い声《ごえ》が、耳《みみ》の奥《おく》まで入《はい》り込《こ》んできて鼓膜《こまく》を刺激《しげき》する。

「うわっ！」「きゃあ！」

新《あらた》と萌《もえ》は思《おも》わず耳《みみ》を塞《ふさ》ぐ。

しかし、ウワサやおばあさんはキョトンとしていた。

彼《かれ》らには、少女《しょうじょ》の姿《すがた》も笑《わら》い声《ごえ》も感《かん》じられないのだ。

ケケケケ

少女《しょうじょ》は円《えん》ごしに覗《のぞ》かれないように、右《みぎ》へ左《ひだり》へと移動《いどう》しながら、新《あらた》たちに近《ちか》づいて来《く》る。

「またこっちに来《く》るよ！」

新《あらた》は萌《もえ》を守《まも》りながら、ウワサに言《い》う。

「どこにいるんだ⁇」

ウワサは円《えん》ごしに見《み》るが、その円《えん》の向《む》こうに少女《しょうじょ》がいるのかどうか分《わ》からない。

少女《しょうじょ》は、さらに近《ちか》づき、新《あらた》たちのほうへ向《む》かって手《て》を伸《の》ばした。

「うわあああ！」

「だめだ！」

ウワサはとっさに新《あらた》の手《て》を引《ひ》っ張《ぱ》った。

**「逃《に》げるんだ！」**

どこにいるのか分《わ》からなければ、名前《なまえ》を視《み》ることはできない。

ウワサは新《あらた》たちを連《つ》れて、その場《ば》から走《はし》り出《だ》した。

**「このままじゃ捕《つか》まっちゃうよ！」**

新《あらた》は走《はし》りながら叫《さけ》ぶ。

後《うし》ろを見《み》ると、赤《あか》いレインコートを着《き》た少女《しょうじょ》が歩《ある》きながら追《お》ってきている。

少女《しょうじょ》は歩《ある》いているにもかかわらず、走《はし》っている新《あらた》たちに少《すこ》しずつ近《ちか》づいて来《き》ていた。

「僕《ぼく》が……、僕《ぼく》が何《なん》とかするから」

そう言《い》いながらも、ウワサは眉間《みけん》に皺《しわ》を寄《よ》せる。

その姿《すがた》は見《み》えず、円《えん》ごしに見《み》ようとしても、素早《すばや》く動《うご》いでしまう。

このままでは名前《なまえ》を視《み》ることができない。

「せめて動《うご》きを止《と》めることができれば……」

ウワサは悔《くや》しそうに呟《つぶや》いた。

「動《うご》きを？」

それを聞《き》き、新《あらた》は何《なに》かを思《おも》う。

その瞬間《しゅんかん》――、

「きゃっ」

一緒《いっしょ》に逃《に》げていた萌《もえ》がつまずき、転《ころ》んだ。

「萌《もえ》！」

新《あらた》は立《た》ち止《ど》まると、萌《もえ》のそばに駆《か》け寄《よ》る。

ケケケケケッ

少女《しょうじょ》は嬉《うれ》しそうに笑《わら》い、新《あらた》たちのもとへ迫《せま》って来《く》る。

「どこにいるんだ⁉」

ウワサは萌《もえ》たちの前《まえ》に立《た》ち、円《えん》ごしに見《み》る。

だが、どこにいるのか分《わ》からない。

ケケケ
少女《しょうじょ》は円《えん》の中《なか》に入《はい》らないように左右《さゆう》に移動《いどう》しながら、さらに新《あらた》たちのもとへ迫《せま》って来《き》た。

**「お兄《にい》ちゃん、助《たす》けて！」**

「萌《もえ》！」

新《あらた》は迫《せま》りくる少女《しょうじょ》を見《み》て焦《あせ》る。

このままでは妹《いもうと》が襲《おそ》われてしまう。

「動《うご》きを止《と》めることができれば――」

そう思《おも》いながら、次《つぎ》の瞬間《しゅんかん》、新《あらた》はハッとした。


**「どいて!」**


突然《とつぜん》、新《あらた》が声《こえ》をあげた。

「僕《ぼく》があいつを止《と》めてみせる!」

「だけど、そんなことどうやって??」

戸惑《とまど》うウワサをよそに、新《あらた》は恐怖《きょうふ》で震《ふる》えている萌《もえ》を見《み》る。

そして、優《やさ》しくほほ笑《え》んだ。


**「お兄《にい》ちゃんに任《まか》せろ。絶対《ぜったい》に守《まも》ってやるからね」**


「お、お兄《にい》ちゃん??」

新《あらた》はウワサの前《まえ》に立《た》った。

「何《なに》を？」

「絶対《ぜったい》にあいつを倒《たお》して！」

全身《ぜんしん》に力《ちから》を入《い》れると、新《あらた》は少女《しょうじょ》のほうに向《む》かって走《はし》り出《だ》した。

「さあ、僕《ぼく》を捕《つか》まえてみろ!!」

新《あらた》は少女《しょうじょ》に向《む》かって叫《さけ》ぶ。

ケケケケケッ――！

少女《しょうじょ》は笑《わら》いながら、新《あらた》に飛《と》びつく。

そのまま新《あらた》の頭《あたま》を摑《つか》んだ。

「あ、あああ」

意識《いしき》が遠《とお》のいていく。

「お兄《にい》ちゃん!!」

萌《もえ》が声《こえ》をあげるが、その声《こえ》もどこか遠《とお》くに聞《き》こえる。

新《あらた》は膝《ひざ》から崩《くず》れ落《お》ちそうになるが、それでも力《ちから》を振《ふ》り絞《しぼ》り、少女《しょうじょ》を睨《にら》むように見《み》た。

「こ、これなら」

新《あらた》の手《て》が、少女《しょうじょ》に伸《の》びる。

刹那《せつな》、新《あらた》は少女《しょうじょ》を逃《に》がさないように、その手《て》をしっかりと握《にぎ》り締《し》めた。

「こ、ここに……いるよ」

「そうか！」
ウワサは、新《あらた》がわざと捕《つか》まり、災悪《さいあく》のいる場所《ばしょ》を教《おし》えようとしていることに気《き》づいた。
円《えん》ごしに新《あらた》の横《よこ》を見《み》る。
その目《め》が光《ひか》り、何《なに》かが視《み》える。
それは、災悪《さいあく》の名前《なまえ》だ。

**「すべての災悪《さいあく》を、この光《ひかり》によって打《う》ち消《け》さん！　お前《まえ》の名《な》は――」**

ウワサはペンを走《はし》らせ、空中《くうちゅう》に文字《もじ》を書《か》いた。

# マッカチャン

新《あらた》の頭《あたま》を摑《つか》んでいた真《ま》っ赤《か》ちゃんの動《うご》きが止《と》まった。
真《ま》っ赤《か》ちゃんが小刻《こきざ》みに動《うご》く。
ケ　ケ　ケケケケケ
真《ま》っ赤《か》ちゃんの全身《ぜんしん》にヒビが入《はい》り、光《ひかり》が漏《も》れ出《だ》す。
そのまま、粉々《こなごな》になって消滅《しょうめつ》した。

**「よかったね。無事《ぶじ》に災悪《さいあく》を倒《たお》すことができて」**
しばらくして。

ウワサは道路《どうろ》の隅《すみ》にある花壇《かだん》のブロックに腰《こし》を下《お》ろし、身体《からだ》を休《やす》めていた。

横《よこ》には、ミリアがいる。

ウワサが真《ま》っ赤《か》ちゃんを倒《たお》したことによって、新《あらた》と萌《もえ》は襲《おそ》われずにすんだのだ。

2人《ふたり》は両親《りょうしん》のもとへ戻《もど》り、そのままこの町《まち》を出《で》て行《い》った。

**「災悪《さいあく》に襲《おそ》われて意識《いしき》を失《うしな》っていた人《ひと》たちも、元《もと》に戻《もど》ってると思《おも》うよ」**

ミリアの言葉《ことば》に、ウワサは少《すこ》しだけホッとする。

この町《まち》に来《き》て、真《ま》っ赤《か》ちゃんに襲《おそ》われ、意識《いしき》を失《うしな》った人《ひと》たちを何人《なんにん》も見《み》てきた。

そんな彼《かれ》らを見《み》るたびに、ウワサは早《はや》く災悪《さいあく》を見《み》つけなければと思《おも》っていた。

「まったく〜、赤《あか》いものをつけてないと襲《おそ》ってくるなんて、理不尽《りふじん》な災悪《さいあく》だねえ」

ミリアはそう言《い》って笑《わら》う。

そんなミリアをウワサは鋭《するど》い目《め》で睨《にら》みつけた。

**「災悪《さいあく》はみな理不尽《りふじん》だよ」**

ウワサの名前《なまえ》を言《い》っただけで、呪《のろ》われてしまう。

呪《のろ》われた人間《にんげん》は、災悪《さいあく》に襲《おそ》われる。

「たしかにそれはそうかも。また『僕《ぼく》のせいだ』って言《い》うのかな？」

ミリアが笑《え》みを浮《う》かべながらたずねる。

ウワサはミリアを睨《にら》みながらただ悔《くや》しそうな顔《かお》をする。

そのとき、ミリアが何《なに》かに気《き》づき、顔《かお》を道路《どうろ》のほうに向《む》けた。


**「ずいぶん怒《おこ》ってるみたいだねえ」**


「えっ？」

ウワサも道路《どうろ》を見《み》る。

そこには、路地《ろじ》にいたおばあさんと大勢《おおぜい》の人々《ひとびと》がいた。

ガソリンスタンドの従業員《じゅうぎょういん》やコンビニの店員《てんいん》もいる。

大人《おとな》もいれば、その大人《おとな》に守《まも》られるように立《た》つ子供《こども》たちの姿《すがた》もあった。

みな、赤《あか》いものをつけていて、怯《おび》えるようにウワサを見《み》ていた。

「あんた、もしかして**呪《のろ》われた少年《しょうねん》**なのかい？」

おばあさんが睨《にら》みながらたずねる。

先《さき》ほど、ウワサが新《あらた》たちと路地《ろじ》でやり取《と》りをしているのを見《み》て、そう思《おも》ったようだ。

ウワサは戸惑《とまど》いながらも、わずかにうなずく。

途端《とたん》に、おばあさんたちは睨《にら》みながらも怯《おび》え、身構《みがま》えた。

「みんな元《もと》に戻《もど》ったからよかったものの、全部《ぜんぶ》あんたのせいだよ！」

**「出《で》て行《い》け！」**

**「早《はや》く出《で》て行《い》け！」**

おばあさんたちはウワサを追《お》い出《だ》そうとする。

ウワサは彼《かれ》らを見《み》て、またわずかにうなずいた。

「……分《わ》かったよ」

ウワサは立《た》ち上《あ》がると、そのまま立《た》ち去《さ》ろうとする。

耳《みみ》にイヤホンを付《つ》けようとした。

その瞬間《しゅんかん》、人々《ひとびと》の中《なか》にいた小《ちい》さな男《おとこ》の子《こ》が駆《か》け出《だ》した。

赤《あか》い帽子《ぼうし》をかぶっている。コンビニにいた男《おとこ》の子《こ》だ。

母親《ははおや》が止《と》めようとするが、彼《かれ》はそのままウワサのそばにやって来《く》る。

そして、ニッコリと笑《わら》い、ウワサの手《て》を握《にぎ》り締《し》めた。

「おにいちゃん、ママをたすけてくれてありがとう」

どうやら男《おとこ》の子《こ》の親《おや》は真《ま》っ赤《か》ちゃんに襲《おそ》われ、意識《いしき》を失《うしな》っていたようだ。

「あ、う、うん」

ウワサは困惑《こんわく》しながらも、小《ちい》さな手《て》に握《にぎ》られた自分《じぶん》の手《て》を見《み》る。

その顔《かお》に、わずかに笑《え》みを浮《う》かべた。

やがて、ウワサは耳《みみ》にイヤホンをして去《さ》って行《い》く。

おばあさんたちが怯《おび》えながら見《み》ているなか、男《おとこ》の子《こ》だけは笑顔《えがお》で手《て》を振《ふ》っていた。

その光景《こうけい》を、ミリアはじっと眺《なが》めている。

「へえ〜、まさか呪《のろ》われた少年《しょうねん》が感謝《かんしゃ》されることがあるなんてねえ」

ミリアはそう言《い》うと、跳《は》ねるように壁《かべ》のほうへと飛《と》ぶ。

その姿《すがた》は、壁《かべ》の中《なか》に消《き》えるように見《み》えなくなってしまった。

# ケース2

# 悪《あく》夢《む》の電《でん》車《しゃ》

土曜日《どようび》の午前中《ごぜんちゅう》。

中学《ちゅうがく》1年生《ねんせい》の望月流歌《もちづきるか》は、駅《えき》の改札前《かいさつまえ》で友達《ともだち》の橋田澪《はしだみお》と待《ま》ち合《あ》わせていた。

やがて澪《みお》が元気《げんき》にやってきた。

「おはよう。はい、これ」

澪《みお》が突然《とつぜん》、メモ用紙《ようし》を見《み》せてきた。

「なに、これ？」

「少年《しょうねん》の名前《なまえ》なんだけど……」

「え？　どういうこと？」

漢字《かんじ》とカタカナが組《く》み合《あ》わさった文字《もじ》は、少年《しょうねん》の名前《なまえ》にしては奇妙《きみょう》だ。

「なんて読《よ》むの？　**コ、ワ…イ……ウワサ?**」

流歌《るか》は自信《じしん》なさげに読《よ》んだ。

澪《みお》はちょっと笑《わら》う。

そして――、

**「はい、あなたは呪《のろ》われました！」**

澪《みお》は明《あか》るくハッキリと言《い》った。

「え？　何《なに》言《い》ってるの？　呪《のろ》われたって、なに？」

流《る》歌《か》はキョトンとした。

「なんかね、この名前《なまえ》を声《こえ》に出《だ》して言《い》うと呪《のろ》われちゃうんだって」

「名前《なまえ》を声《こえ》に出《だ》して言《い》うと呪《のろ》われちゃう？　ってどういうこと？」

流《る》歌《か》は意味《いみ》が理解《りかい》できない。

「この名前《なまえ》を口《くち》に出《だ》して言《い》っちゃうと、呪《のろ》われて怖《こわ》い目《め》に遭《あ》うんだってさ」

「怖《こわ》い目《め》に……？」

「例《たと》えばだけど、お化《ば》けを見《み》たり、怪我《けが》したりするんじゃないかな？」

やっと理解《りかい》した流歌《るか》は、急《きゅう》に気持《きも》ちがざわついた。

「え！　うそ！　今《いま》、口《くち》に出《だ》して言《い》っちゃったよ！　だますなんてひどい！」

目《め》の前《まえ》の澪《みお》は、意外《いがい》な表情《ひょうじょう》で流歌《るか》を見《み》つめる。

「だます？　そんなつもりはないよ」

「じゃあ、何《なに》よ!?」

「私《わたし》も昨日《きのう》の部活《ぶかつ》で先輩《せんぱい》に同《おな》じことをされて、『はい、呪《のろ》われました！』って言《い》われたの」

「じゃ、澪《みお》もだまされたの!?　だけど、なんで、それを私《わたし》にやるのよ!?」

今日《きょう》は2人《ふたり》で電車《でんしゃ》に乗《の》って隣《となり》の町《まち》で映画《えいが》を観《み》る予定《よてい》だった。

でも、それどころじゃない気分《きぶん》になってきた。

「澪《みお》と映画《えいが》を観《み》るのを楽《たの》しみにしてたのに、なんでそんなことをするの!?」

「だって、小学校《しょうがっこう》の時《とき》から流歌《るか》は、呪《のろ》いとか祟《たた》りとか信《しん》じてないって言《い》ってたじゃない」

そう言《い》われて流歌《るか》はハッとなった。

「え？　あ、あ……、まあ、そうだけど……」

「私《わたし》も信《しん》じてないって話《はな》したら『だから気《き》が合《あ》うんだね』って言《い》ってたでしょ。だから、そんなに怒《おこ》るとは思《おも》わなかった」

「あ、いや、そうか……ごめん……」

そう謝《あやま》った流歌《るか》は、ばつが悪《わる》そうに言《い》い訳《わけ》をする。

「でも、面《めん》と向《む》かって『はい、呪《のろ》われました！』とか言《い》われたのは、初《はじ》めてだし……」

「うん、私《わたし》も初《はじ》めてだったよ。でも、ちょっと面白《おもしろ》いな、と思《おも》っちゃった」

そう言《い》ってくったくなく笑《わら》う澪《みお》。

流歌《るか》もそれに合《あ》わせて笑《わら》ったものの……。


**（なんかちょっと嫌《いや》な感《かん》じがするんだよね）**


「さあ、電車《でんしゃ》に乗《の》ろうよ。映画《えいが》に遅《おく》れちゃうよ」

澪《みお》はさっさと改札《かいさつ》の中《なか》に入《はい》っていった。

今《いま》、流歌《るか》がついカッとしてしまったことを、まったく気《き》にしていないようだ。

「何《なに》やってるの？　ほら、急《いそ》がないと電車《でんしゃ》が来《き》ちゃうよ」

澪《みお》が振《ふ》り返《かえ》って言《い》う。

「あ、うん！」

流歌《るか》は元気《げんき》に返事《へんじ》をして改札《かいさつ》に入《はい》った。

すると、改札近《かいさつちか》くの階段下《かいだんした》から電車到着《でんしゃとうちゃく》のアナウンスが流《なが》れてきた。

「あ、ちょうどきた！　急《いそ》ごう！」

うながす澪《みお》とともに、流歌《るか》は階段《かいだん》を下《お》りて、電車《でんしゃ》に乗《の》り込《こ》んだ。

澪《みお》はニッコリして言《い》う。

「この電車《でんしゃ》に乗《の》れれば、余裕《よゆう》でジュースやポップコーンを買《か》えるよ」

休日《きゅうじつ》の映画館《えいがかん》は混《こ》んでいるので、買《か》い物《もの》に時間《じかん》がかかるのを澪《みお》は心配《しんぱい》していた。

「そうだね」

そう言《い》って笑《わら》い返《かえ》した流歌《るか》は、車内《しゃない》を見回《みまわ》した。

これからどこかに遊《あそ》びに行《い》く家族連《かぞくづ》れや様々《さまざま》な人々《ひとびと》が乗《の》っている。

座席《ざせき》はどこも埋《う》まっていた。

だが、２人《ふたり》の目《め》の前《まえ》に座《すわ》っていたカップルがあわてて降《お》りた。

ぼんやりしていて降《お》り損《そこ》ねるところだったのだろう。

おかげで、車両《しゃりょう》のいちばん端《はし》に2人分《ふたりぶん》の席《せき》が空《あ》いた。
「ラッキー！」と、呟《つぶや》いた澪《みお》とともに流歌《るか》は座席《ざせき》に座《すわ》った。
♪♫〜♪〜♪〜♫〜〜♪
発車《はっしゃ》メロディが鳴《な》り、アナウンスが流《なが》れる。
**『1番線《ばんせん》ドアが閉《し》まります。ご注意《ちゅうい》下《くだ》さい』**

**シャ――**

車両《しゃりょう》のすべてのドアが閉《し》まり始《はじ》めた。
と、その隣《となり》の車両《しゃりょう》のドアの隙間《すきま》からスルリと抜《ぬ》けるように少年《しょうねん》が入《はい》ってきた。
白《しろ》い服《ふく》を着《き》た銀髪《ぎんぱつ》の少年《しょうねん》――**ウワサだ。**
ウワサは車内《しゃない》を見回《みまわ》すと、ポケットから銀色《ぎんいろ》のペンを取《と》り出《だ》した。
他《ほか》の乗客《じょうきゃく》に見《み》えないように、それを手《て》の平《ひら》に載《の》せる。
**「本当《ほんとう》にここで戦《たたか》うの？」**

声《こえ》が聞《き》こえた。

ウワサがハッと見上《みあ》げた。

網棚《あみだな》の上《うえ》にミリアがちょこんと座《すわ》っている。

**「今回《こんかい》の災悪《さいあく》はけっこう危険《きけん》だと思《おも》うけどなあ」**

ウワサはミリアの言葉《ことば》を気《き》にとめる様子《ようす》もなく呟《つぶや》く。

「やるしかないんだ」

ミリアの耳《みみ》にはその声《こえ》はほとんど聞《き》こえなかっただろう。

でも、ウワサの決意《けつい》はその表情《ひょうじょう》から分《わ》かったようだ。

「そっか。戦《たたか》うんだね」

その直後《ちょくご》、ウワサの表情《ひょうじょう》が険《けわ》しくなった。

手《て》の平《ひら》のペンが震《ふる》えて微《かす》かに光《ひか》り輝《かがや》いたのだ。

そして、ある方向《ほうこう》を示《しめ》す。

**「隣《となり》の車両《しゃりょう》か……?」**

ウワサは家族連《かぞくづ》れや様々《さまざま》な人々《ひとびと》の間《あいだ》を抜《ぬ》けて隣《となり》の車両《しゃりょう》へ向《む》かっていく。

やがて、車両《しゃりょう》の連結部分《れんけつぶぶん》の扉《とびら》の前《まえ》に辿《たど》り着《つ》いた。

扉《とびら》には大《おお》きなガラス窓《まど》がはめられている。

扉《とびら》を開《あ》けなくても隣《となり》の車内《しゃない》の様子《ようす》がうかがい知《し》れた。

いちばん端《はし》の席《せき》で、流歌《るか》と澪《みお》がスマホを見《み》て楽《たの》しげに笑《わら》っている。

**「この中《なか》の誰《だれ》かがキミの名前《なまえ》を言《い》っちゃったのね。しかもひとりじゃないみたい」**

いつの間《ま》にかすぐそばの網棚《あみだな》に移動《いどう》していたミリアが言《い》う。

ウワサはミリアを見《み》ることはない。

「やるしかないんだ」

ガラス越《ご》しに流歌《るか》と澪《みお》を見《み》つめたままウワサは呟《つぶや》いた。

「じゃあ、私《わたし》はここで見《み》てるね」

ミリアの言葉《ことば》はウワサにはどうでも良《よ》かった。

ペンをポケットにしまうと、連結部分《れんけつぶぶん》の扉《とびら》の取《と》っ手《て》に手《て》を掛《か》けた。

その時《とき》——、

**ゴォオオ〜〜**

突然《とつぜん》、車内《しゃない》が暗《くら》くなった。

険《けわ》しい顔《かお》つきになりウワサは周囲《しゅうい》を見回《みまわ》した。

「これは……！」

不安《ふあん》になって再《ふたた》びガラス越《ご》しに流歌《るか》と澪《みお》を見《み》る。

2人《ふたり》の手元《てもと》からスマホが落《お》ちて、突然《とつぜん》、うなだれてしまった。

寝《ね》てしまったようだ。

「しまった！」

ウワサはあわてて扉《とびら》を開《あ》けようとした。

だが、頭《あたま》がクラクラとしてきた。

「う、うっ、眠《ねむ》い。でも、ダメだ寝《ね》ちゃ！」

ウワサは必死《ひっし》に抵抗《ていこう》する。

しかし、膝《ひざ》から崩《くず》れ落《お》ちてしまう。


**ドサッ！**

ウワサは扉《とびら》の前《まえ》の床《ゆか》に倒《たお》れ込《こ》んでしまった。
何《なん》とか起《お》きようとするが眠気《ねむけ》に勝《か》てない。
「あ～あ」
ミリアが残念《ざんねん》そうに呟《つぶや》いた。

**ゴトン、ゴトン、ゴトン、ゴトン**

暗闇《くらやみ》の中《なか》に音《おと》が響《ひび》いている。
（電車《でんしゃ》の音《おと》？）
流歌《るか》はそっと目《め》を覚《さ》ました。
（そうか、電車《でんしゃ》の中《なか》で寝《ね》ちゃったんだ）
そう思《おも》った矢先《やさき》、流歌《るか》は違和感《いわかん》を持《も》った。
（あれ？　さっきはあんなに人《ひと》が乗《の》ってたのに……？）
目《め》の前《まえ》に立《た》っていた人《ひと》や、向《む》かい側《がわ》の席《せき》に座《すわ》っていた人《ひと》たちがいなくなっていた。
（うそ？　寝過《ねす》ごしてどこか遠《とお》くまで来《き》ちゃったの？）
流歌《るか》はあわてて車内《しゃない》の表示板《ひょうじばん》を見《み》ようとした。
しかし、身体《からだ》が思《おも》うように動《うご》かない。

（あれ？　なんで？）

立《た》ち上《あ》がることさえできない。

首《くび》だけでもなんとか動《うご》かそうとするが、思《おも》うようにいかない。

「う、う〜」

流《る》歌《か》の口《くち》から唸《うな》るような声《こえ》が漏《も》れてしまう。


ピキピキピキッ！


骨《ほね》がきしむ音《おと》が聞《き》こえた気《き》がして、首《くび》はかろうじて回《まわ》せた。

隣《となり》でうなだれて寝《ね》ている澪《みお》に顔《かお》を向《む》けることができた。

「……澪《みお》……澪《みお》……」

声《こえ》が思《おも》うように出《で》ない。

流《る》歌《か》は澪《みお》の肩《かた》を叩《たた》こうと思《おも》った。

「う〜、うぅ〜〜」

腕《うで》は上《あ》がらず唸《うな》り声《ごえ》が出《で》るだけだった。

そのとき、車内《しゃない》の座席《ざせき》に5、6名《めい》の男女《だんじょ》が座《すわ》っているのに気《き》づいた。

みな、流歌《るか》や澪《みお》と同様《どうよう》にうなだれて寝《ね》ている。

そして、車両《しゃりょう》の窓《まど》の外《そと》を流《なが》れる風景《ふうけい》にも目《め》が行《い》った。

緑《みどり》の草原《そうげん》が広《ひろ》がっていた。

**「うそっ！」**

か細《ぼそ》い驚《おどろ》きの声《こえ》が漏《も》れた。

（この電車《でんしゃ》はこんな場所《ばしょ》を走《はし》らないよ！）

流歌《るか》は信《しん》じられず窓《まど》の外《そと》に広《ひろ》がる緑《みどり》の草原《そうげん》をぼう然《ぜん》と見《み》つめた。

**「どうなってるの……？　えっ、ここ、どこ……？」**

突然《とつぜん》、耳元《みみもと》から声《こえ》が聞《き》こえて流歌《るか》はギョッとした。

隣《となり》の澪《みお》も起《お》きたのだ。

「澪《みお》！　良《よ》かった」

「ねえ、ここはどこなの!?」

「分《わ》からないよ」

「あれ？　なんで身体《からだ》が動《うご》かないの？」

「澪《みお》もなの？」

澪《みお》は「う、う〜〜」と唸《うな》って、首《くび》を回《まわ》して流歌《るか》に顔《かお》を向《む》けてきた。

「どうして、こんなことに……？」

普段《ふだん》は落《お》ち着《つ》いている澪《みお》でも、さすがに怖《こわ》いようだ。

流歌《るか》はある事《こと》が頭《あたま》に浮《う》かんでハッとした。

「ねぇ、もしかして……」

しかし、そこまで言《い》って言葉《ことば》を止《と》めた。

思《おも》いついた事《こと》を口《くち》に出《だ》したくなかったからだ。

「もしかして、何《なに》……？」

流歌《るか》が何《なに》かを言《い》いかけて黙《だま》ったので、澪《みお》はかえって怖《こわ》くなったようだ。

「あ、あのね、澪《みお》。**私《わたし》たち本当《ほんとう》に呪《のろ》われたのかも？　あの少年《しょうねん》の名前《なまえ》を声《こえ》に出《だ》して言《い》ったから呪《のろ》われたのかも？**」

「え？　そんなことあり得《え》ないよ」

「でも、それしか考《かんが》えられないでしょ」

澪《みお》は何《なに》も言《い》い返《かえ》さずに黙《だま》ってしまった。

流歌《るか》の思《おも》いつきを、澪《みお》も認《みと》めたのだろう。

だからと言《い》って、今《いま》の状況《じょうきょう》には何《なん》の役《やく》にも立《た》たない。


**（身体《からだ》は全然《ぜんぜん》動《うご》かないし、どうしたらいいの？）**

すると、突然《とつぜん》——、

**「次《つぎ》は、田中《たなか》〜、田中《たなか》〜」**


車内《しゃない》アナウンスが流《なが》れた。

「え？　なに？　田中《たなか》？」

ビックリして声《こえ》をあげたのは澪《みお》だった。

「この電車《でんしゃ》の停車駅《ていしゃえき》に、田中《たなか》なんてないよね？」

流歌《るか》がそう言《い》った直後《ちょくご》、車両《しゃりょう》の反対側《はんたいがわ》の奥《おく》から不気味《ぶきみ》な声《こえ》が響《ひび》いてきた。

**キキッ、キ、キキッ！**


「猿《さる》の鳴《な》き声《ごえ》みたい……」

澪《みお》の言葉《ことば》は、流歌《るか》も言《い》いたかったことだ。

そう思《おも》った瞬間《しゅんかん》、流歌《るか》も澪《みお》も強烈《きょうれつ》な不安《ふあん》と恐怖《きょうふ》を再《ふたた》び感《かん》じた。

「う〜〜ん、う〜〜ん」

2人《ふたり》とも渾身《こんしん》の力《ちから》で身体《からだ》を動《うご》かそうとしたが全然《ぜんぜん》動《うご》かない。


**（金縛《かなしば》り……！）**


流歌《るか》の頭《あたま》の中《なか》に、その言葉《ことば》が浮《う》かんだ。

経験《けいけん》はないが、もし金縛《かなしば》りになったらこういうふうに動《うご》けなくなるのかもしれない。

頭《あたま》は起《お》きているのに、身体《からだ》は寝《ね》ている状態《じょうたい》だとどこかで聞《き》いたことがあった。

その時《とき》――、

**キッキッ、キキ、キキッ！**

数匹《すうひき》の小《ちい》さな猿《さる》が車両《しゃりょう》の奥《おく》から走《はし》ってきた。

「いや！」

自分達《じぶんたち》に襲《おそ》いかかると思《おも》った流歌《るか》と澪《みお》は顔《かお》を歪《ゆが》めた。

しかし、猿《さる》たちは２人《ふたり》のそばには来《こ》なかった。

**キキ、キキ、キキッ！**

車両《しゃりょう》の中央《ちゅうおう》の座席《ざせき》で眠《ねむ》るように座《すわ》っている大学生《だいがくせい》くらいの男性《だんせい》の周《まわ》りに集《あつ》まった。

「何《なに》する気《き》なの？」

思《おも》わず呟《つぶや》く流歌《るか》。

猿《さる》たちは男性《だんせい》を担《かつ》いで、近《ちか》くの乗降口《じょうこうぐち》のドアに歩《あゆ》み寄《よ》った。

ガラッ！

走《はし》っているのに電車《でんしゃ》のドアが開《ひら》いた。

ゴォオオ！

強《つよ》い風《かぜ》が入《はい》ってきて、男性《だんせい》の髪《かみ》が乱《みだ》れ、服《ふく》の裾《すそ》がはためいた。
それでも男性《だんせい》は起《お》きない。
次《つぎ》の瞬間《しゅんかん》、猿《さる》たちはひときわ大《おお》きく鳴《な》いた。

キキキキッッッ!!

男性《だんせい》の身体《からだ》を外《そと》へと放《ほう》り投《な》げた。

「やだっ！」

悲鳴《ひめい》を上《あ》げた流歌《るか》と澪《みお》は目《め》を伏《ふ》せようとした。

しかし、身体《からだ》が動《うご》かないのでその一部始終《いちぶしじゅう》を見《み》てしまった。

ボォオンッ！　ボォオンッ！

男性《だんせい》は草原《そうげん》をボールのように弾《はず》んだ。

そして、転《ころ》がった。

ゴロゴロッ！　ゴロロッ！

流歌《るか》と澪《みお》は信《しん》じられない光景《こうけい》に目《め》を見開《みひら》いた。

「ええっ⁉」

転《ころ》がっていた男性《だんせい》はやがて止《と》まった。

その周囲《しゅうい》に小《ちい》さな生《い》き物《もの》が集《あつ》まってきた。

「え？　あそこにも猿《さる》？」

流歌《るか》は呟《つぶや》く。

外《そと》にいた猿《さる》たちは、男性《だんせい》を担《かつ》いで草原《そうげん》の彼方《かなた》に消《き》えた。

「あの人《ひと》はどうなっちゃうの？」

澪《みお》が唖然《あぜん》として言《い》う。


**「次《つぎ》は、佐藤《さとう》～、佐藤《さとう》～」**


車内《しゃない》の猿《さる》たちが座席《ざせき》で寝《ね》ているスーツ姿《すがた》の女性《じょせい》を担《かつ》いだ。

「え？　また？」

思《おも》わず流歌《るか》は呟《つぶや》いた。

猿《さる》たちはスーツ姿《すがた》の女性《じょせい》を開《ひら》いたドアに連《つ》れて行《い》った。


**キキキキッッッ!!**

女性《じょせい》の身体《からだ》を外《そと》に放《ほう》り投《な》げた。

**ボォオンッ！　ボォオンッ！**


女性《じょせい》は草原《そうげん》の上《うえ》をボールのように跳《は》ねた。

そこに猿《さる》たちが集《あつ》まってくる。

そして、女性《じょせい》を担《かつ》いで草原《そうげん》の奥《おく》へ去《さ》って行《い》く。


「流歌《るか》、これ、なんなの？」

澪《みお》が震《ふる》える声《こえ》でたずねてきた。

「そんなの知《し》らないよ！」

首《くび》を大《おお》きく振《ふ》って答《こた》えたかった流歌《るか》だが、今《いま》はそれさえできない。

相変《あいか》わらず身体《からだ》が固《かた》まっていた。

そのときまたアナウンスが流《なが》れた。

**「次《つぎ》は、高橋《たかはし》～、高橋《たかはし》～」**

猿《さる》たちは流歌《るか》と澪《みお》の斜《なな》め前《まえ》で眠《ねむ》るように座《すわ》っている作業服《さぎょうふく》の中年男性《ちゅうねんだんせい》を捕《つか》まえた。

**キキッ、キキキッ**

猿《さる》たちは中年男性《ちゅうねんだんせい》を担《かつ》ぎ上《あ》げた。

**スルッ、パタッ！**

作業服《さぎょうふく》のポケットから二《ふた》つ折《お》りの財布《さいふ》が落《お》ちて、流歌《るか》たちのそばの床《ゆか》で開《ひら》いた。

流歌《るか》はかろうじて首《くび》を動《うご》かし、顔《かお》を下《した》に向《む》けた。

「ねえ、澪《みお》、見《み》て……！」

澪《みお》も首《くび》に力《ちから》を入《い》れて下《した》を見《み》た。

財布《さいふ》には運転免許証《うんてんめんきょしょう》が入《はい》っていた。

「それが何《なに》？」

「男《おとこ》の人《ひと》の名前《なまえ》を見《み》て！」

澪《みお》は足元《あしもと》の近《ちか》くに落《お》ちた運転免許証《うんてんめんきょしょう》に目《め》を凝《こ》らした。

「高橋《たかはし》××さん？　高橋《たかはし》って……？」

「さっきのアナウンスで、『高橋《たかはし》』って言《い》ってたじゃない」

「ってことは、**アナウンスされてるのは駅名《えきめい》じゃなくて外《そと》に投《な》げられる人《ひと》の名前《なまえ》……？**」

澪《みお》は自分《じぶん》の言葉《ことば》にゾッとして口《くち》をつぐんでしまった。

流歌《るか》がその続《つづ》きを続《つづ》ける。

「きっとそうだよ。**もし望月《もちづき》とか橋田《はしだ》って呼《よ》ばれたら……!?**」

流歌《るか》も澪《みお》も全身《ぜんしん》が凍《こお》りついた。


**キキキキッツッ!!**


猿《さる》たちが作業服《さぎょうふく》の中年男性《ちゅうねんだんせい》を外《そと》に放《ほう》り出《だ》した。

そして、飛《と》び跳《は》ねて笑《わら》った。

キッキッ、キッキッ、キッキッ！

車内《しゃない》には、もはや数名《すうめい》の乗客《じょうきゃく》しかいない。

すぐに自分《じぶん》たちの番《ばん》になるだろう。

「うっ〜〜う〜〜うっ！」

澪《みお》が身体《からだ》を動《うご》かそうと踏《ふ》ん張《ば》りだした。

「う〜っ、う〜〜！」

流歌《るか》も全身《ぜんしん》に力《ちから》を入《い》れた。

しかし、動《うご》かない。

流歌《るか》は渾身《こんしん》の力《ちから》で叫《さけ》ぶ。

**「誰《だれ》かぁ！　誰《だれ》かぁっ！　誰《だれ》か助《たす》けてぇえ!!」**

**（誰《だれ》かが……助《たす》けを呼《よ》んでいる）**

ウワサの目《め》が開《ひら》いた。

その刹那《せつな》、アナウンスが流《なが》れた。

**「次《つぎ》は、鈴木《すずき》〜、鈴木《すずき》〜」**

ウワサは痛《いた》む頭《あたま》を押《お》さえながら身体《からだ》を起《お》こした。

「僕《ぼく》が助《たす》けなきゃ……う、う」

ふらつきながら立《た》ち上《あ》がった。

連結部分《れんけつぶぶん》の扉《とびら》に近《ちか》づいたが、開《あ》けるのもままならない。

扉《とびら》のガラス窓《まど》を覗《のぞ》き込《こ》むのが精一杯《せいいっぱい》だ。

**キキキキッツッ!!**

猿《さる》たちが人間《にんげん》を外《そと》に放《ほう》り投《な》げて、**「キッキ、キッキ」**と喜《よろこ》んでいる。

**「「お願《ねが》い！　助《たす》けてぇ！」」**

連結部分《れんけつぶぶん》の近《ちか》くの席《せき》で、身体《からだ》の動《うご》かない2人《ふたり》の女《おんな》の子《こ》が叫《さけ》んでいた。

ウワサはペンを取《と》り出《だ》そうとしてポケットに手《て》を入《い》れた。

しかし、ふらついてしゃがみ込《こ》んでしまった。

「あ、気《き》をつけてよ」

すぐそばの網棚《あみだな》のミリアが声《こえ》をかけてきた。

「隣《となり》の車両《しゃりょう》の人間《にんげん》はすべて、キミの名前《なまえ》を言《い》って呪《のろ》われてしまった人《ひと》たちだからね」

しゃがんだウワサはミリアを見《み》もせずに言《い》う。

「そんなことは、分《わ》かってる……」

ウワサは何《なに》かを思《おも》い付《つ》いたらしく、険《けわ》しい表情《ひょうじょう》をミリアに向《む》けた。

「僕《ぼく》は力《ちから》が出《で》ない。隣《となり》の車両《しゃりょう》の人《ひと》たちを助《たす》けてくれないかな？」

「え？　私《わたし》が？」

ミリアは一瞬《いっしゅん》目《め》を丸《まる》くしたが、すぐに鼻《はな》から息《いき》を漏《も》らした。

**「私《わたし》は君《きみ》を、ただ見《み》ているだけだから」**

あっさりとミリアは言《い》う。

そのとき、アナウンスが流《なが》れる。

**「次《つぎ》は、橋田《はしだ》〜、橋田《はしだ》〜」**

ウワサは厳《きび》しい顔《かお》つきになり、立《た》ち上《あ》がる。

隣《となり》の車両《しゃりょう》では、流歌《るか》と澪《みお》が青《あお》ざめていた。

「え、橋田《はしだ》って、澪《みお》の名前《なまえ》じゃん！」

流歌《るか》は焦《あせ》った。

「いやぁ！」

澪《みお》は叫《さけ》んだ。

アナウンスが再《ふたた》び流《なが》れる。


**「次《つぎ》は、望月《もちづき》〜、望月《もちづき》〜」**


「いやぁー！」

流歌《るか》の名字《みょうじ》がアナウンスされて、流歌《るか》も叫《さけ》ぶ。

その声《こえ》を聞《き》いたウワサは、連結部分《れんけつぶぶん》の扉《とびら》の取《と》っ手《て》に手《て》をかけた。

**「僕《ぼく》が……助《たす》けないと！」**

ポケットから銀色《ぎんいろ》のペンを出《だ》した。

その直後《ちょくご》、

**ガタンッ！　キィイ――――！**

電車《でんしゃ》が止《と》まった。

「え？」とウワサは見回《みまわ》した。

駅《えき》のホームだった。

無数《むすう》の小《ちい》さな猿《さる》たちが待《ま》ちかまえていた。

**キッキ、キキッ！**

隣《となり》の車両《しゃりょう》の猿《さる》たちが笑《わら》った。

**「いやぁ！　助《たす》けてぇ!!」**

泣《な》き叫《さけ》ぶ2人《ふたり》の女《おんな》の子《こ》に猿《さる》たちが跳《は》ねながら近《ちか》づく。

ウワサは、扉《とびら》を一気《いっき》に開《あ》けた。

**「やめるんだッ‼」**

流歌《るか》と澪《みお》を担《かつ》いで外《そと》に行《い》こうとしていた猿《さる》たちがウワサを見《み》た。

**キイイイ！**

猿《さる》たちが怒《いか》りの声《こえ》をあげた。

**「お願《ねが》い！　助《たす》けてぇ‼」**

ウワサに気《き》づいた流《る》歌《か》と澪《みお》が叫《さけ》ぶ。

だが、そのとき、

**ドドドドドドドドドッ！**

開《ひら》いていた乗降口《じょうこうぐち》のドアから、外《そと》にいた小《ちい》さな猿《さる》たちがいっせいに入《はい》ってきた。

**ガシャアーン！**

**ガ、ガシャアーン！**

**ガシャアーン！　ガシャアーン！**

窓《まど》ガラスを破《やぶ》って猿《さる》たちが車内《しゃない》に飛《と》び込《こ》んできた。

**キキキキッ！**

小《ちい》さな猿《さる》たちがウワサに次々《つぎつぎ》飛《と》びかかる。

「やめろ！」

振《ふ》り払《はら》っても、振《ふ》り払《はら》っても猿《さる》たちが襲《おそ》ってくる。

ウワサは必死《ひっし》に抵抗《ていこう》する。

**「助《たす》けてぇ！」**

叫《さけ》ぶ流歌《るか》と澪《みお》を担《かつ》いだ猿《さる》たちに、ウワサはペンを向《む》けた。

**「やめるんだ！」**

ペンを宙《ちゅう》に走《はし》らせる。

青白《あおじろ》い炎《ほのお》が現《あらわ》れ、円《えん》が描《えが》かれる。

ウワサの目《め》に災悪《さいあく》の名前《なまえ》が視《み》える。

**「すべての災悪《さいあく》を、この光《ひかり》によって打《う》ち消《け》さん。お前《まえ》の名《な》は――」**

ウワサはペンを走《はし》らせ、空中《くうちゅう》に文字《もじ》を書《か》いた。

# サルユメ

次《つぎ》の瞬間《しゅんかん》、『**猿夢**《さるゆめ》』の動《うご》きが止《と》まる。
すべての小《ちい》さな猿《さる》たちが固《かた》まったようになった。

**ス、スーッ**

猿《さる》たちの姿《すがた》がドライアイスが溶《と》けるように消《き》えていく。
そして、ウワサの周囲《しゅうい》は突然《とつぜん》、真《ま》っ暗《くら》になった。

ゴトン、ゴトン、ゴトン、ゴトン

暗闇《くらやみ》の中《なか》に音《おと》が響《ひび》いている。

ハッと流歌《るか》と澪《みお》は目《め》を覚《さ》ました。

2人《ふたり》は電車《でんしゃ》の座席《ざせき》に座《すわ》っていた。

目《め》の前《まえ》に座《すわ》る乗客《じょうきゃく》たちの間《あいだ》から、窓《まど》の外《そと》の風景《ふうけい》が見《み》える。

見慣《みな》れた町並《まちな》みが流《なが》れていく。

車内《しゃない》には、これからどこかに遊《あそ》びに行《い》く家族連《かぞくづ》れの朗《ほが》らかな表情《ひょうじょう》があふれている。

流歌《るか》が信《しん》じられない表情《ひょうじょう》で隣《となり》の澪《みお》を見《み》ると、澪《みお》も唖然《あぜん》と見返《みかえ》してくる。

流歌《るか》はたずねる。

「ねえ、私《わたし》たち小《ちい》さな猿《さる》に襲《おそ》われてなかった？」

「うん、襲《おそ》われてた……と思《おも》う……」

「って言《い》うか、身体《からだ》が動《うご》くよ」

流《る》歌《か》は手《て》も足《あし》も自由《じゆう》に動《うご》くことに驚《おどろ》いた。

「ねえ、流《る》歌《か》。私《わたし》たち同《おな》じ夢《ゆめ》を見《み》てたのかな？」

「さあ……」

流《る》歌《か》は首《くび》をかしげた。

シャ——

車両《しゃりょう》のすべてのドアが開《ひら》いた。

映画館《えいがかん》のある駅《えき》に到着《とうちゃく》したのだ。

流《る》歌《か》と澪《みお》は手《て》を取《と》り合《あ》って、周囲《しゅうい》を見回《みまわ》しながら慎重《しんちょう》にホームへ降《お》りた。

猿《さる》たちがいるような気《き》がしたからだ。

しかし、それは単《たん》なる思《おも》い過《す》ごしだった。

電車《でんしゃ》から降《お》りた人々《ひとびと》が改札《かいさつ》に向《む》かって歩《ある》いて行《い》く。

「やっぱり、２人《ふたり》して夢《ゆめ》を見《み》たんだよね」

流歌《るか》は気持《きも》ちを切《き》り替《か》えるように言《い》った。

「うん、きっとそうだよ。気《き》にしないのがいちばんだよ。さ、映画館《えいがかん》に急《いそ》ごう」

「澪《みお》、待《ま》ってよ」

流歌《るか》は笑《わら》って追《お》いかけた。

すると、フラフラと歩《ある》く白《しろ》い服《ふく》を着《き》た少年《しょうねん》とすれ違《ちが》った。

**「え？　今《いま》のは？」**

どこかで見《み》たような気《き》がして、流歌《るか》は振《ふ》り返《かえ》った。

しかし、その少年《しょうねん》の姿《すがた》はホームを行《い》き交《か》う人混《ひとご》みの中《なか》に消《き》えてしまった。

# ケース3 キルキルキルキル

昼下《ひるさ》がり。

ひとりの少年《しょうねん》が、耳《みみ》にイヤホンをしながら道路《どうろ》を歩《ある》いていた。

**ウワサだ。**

ウワサは大《おお》きな交差点《こうさてん》までやってくると、何《なに》かに気《き》づき、信号機《しんごうき》を見上《みあ》げる。

歩行者用《ほこうしゃよう》の信号機《しんごうき》の上《うえ》に、ミリアがちょこんと座《すわ》っていた。

「そんなところで何《なに》をやってるの？」

ウワサは思《おも》わずたずねる。

ミリアはウワサのほうに顔《かお》を向《む》け、口《くち》を開《ひら》いた。

**「人間《にんげん》たちのことを見《み》てるんだよ」**

交差点《こうさてん》には何人《なんにん》もの人々《ひとびと》の姿《すがた》があった。

ミリアはそれをぼんやり眺《なが》めていた。

しかし、誰《だれ》もミリアのことを気《き》にも留《と》めない。

「は〜、まったく、人間《にんげん》はほんと鈍感《どんかん》なんだから」

ミリアは鼻《はな》から息《いき》を漏《も》らすと、信号機《しんごうき》の上《うえ》からピョンと跳《は》ねるようにジャンプして、ウワサの前《まえ》に着地《ちゃくち》した。

ウワサは「危《あぶ》ないよ」と言《い》おうとしたが、相手《あいて》がミリアであることを思《おも》い出《だ》し、言《い》っても意味《いみ》がないことに気《き》づいた。

人々《ひとびと》がミリアのそばを通《とお》り過《す》ぎて行《い》く。

誰《だれ》もミリアのほうを見《み》ない。

ミリアはその様子《ようす》を見《み》て、また鼻《はな》から息《いき》を漏《も》らした。

「私《わたし》はここにいるっていうのに、誰《だれ》も気《き》にもしないんだから」

その言葉《ことば》に、ウワサは呆《あき》れながら答《こた》えた。

**「君《きみ》のことが見《み》えているのは、僕《ぼく》だけだろ」**

それを聞《き》き、ミリアは一瞬寂《いっしゅんさび》しそうな顔《かお》をする。

だがすぐに、いつものふてぶてしい表情《ひょうじょう》に戻《もど》った。

「ところで、よかったねえ、この辺《あた》りにはいないようだね」

「いない？」

ウワサは辺《あた》りを見《み》つめる。

「たとえこの辺《あた》りに災悪《さいあく》がいなくても、他《ほか》の場所《ばしょ》にはいるかもしれない」

ウワサは真剣《しんけん》な表情《ひょうじょう》でミリアに言《い》う。

すると、ミリアはまた鼻《はな》から息《いき》を漏《も》らした。


**「何《なに》を言《い》ってるの？　『災悪《さいあく》』のことじゃないよ。『彼《かれ》』のことだよ」**


ウワサは『彼《かれ》』と言《い》われて眉間《みけん》に皺《しわ》が寄《よ》る。

どうやらこの辺《あた》りに、マコトはいないようだ。

「彼《かれ》、ほんとしつこいよね。キミを捕《つか》まえたい気持《きも》ちも分《わ》かるけど」

「それは」

ウワサは何《なん》と言《い》えばいいのか分《わ》からなくなってしまう。

「ま、気《き》にすることはないよ。キミはキミのやるべきことをするだけだよ。早《はや》くしないと大変《たいへん》なことになっちゃうもんね」

ミリアは後《うし》ろ脚《あし》で、首《くび》についている輪《わ》っかをかいた。

輪《わ》っかには、銀色《ぎんいろ》のペンと同《おな》じ奇妙《きみょう》な模様《もよう》がある。

それを見《み》て、ウワサも自分《じぶん》の首元《くびもと》を見《み》た。

チョーカーの下《した》の首筋《くびすじ》に同《おな》じ模様《もよう》が刻《きざ》まれている。

ウワサはその模様《もよう》を指《ゆび》で触《ふ》れながら、苦々《にがにが》しい表情《ひょうじょう》になる。

「……**僕《ぼく》は、捕《つか》まるわけにはいかないんだ**」

そう言《い》うと、ウワサはまっすぐ前《まえ》を見《み》て、交差点《こうさてん》を歩《ある》き出《だ》す。

そんなウワサを見《み》て、ミリアは呟《つぶや》くように言《い》う。

「**そうだよね。捕《つか》まったら、みんなを救《すく》えなくなっちゃうもんね**」

（一体《いったい》どこにいるんだ？）

夕方《ゆうがた》。

ひとりの少年《しょうねん》が駅前《えきまえ》の道路《どうろ》を歩《ある》いていた。

黒《くろ》い服《ふく》を着《き》ていて、険《けわ》しい顔《かお》をしている。

加志谷《かしや》マコトである。

マコトは立《た》ち止《ど》まると、足《あし》をさすった。

今日《きょう》は朝《あさ》からずっと歩《ある》き続《つづ》けていた。

だが、その努力《どりょく》は無駄《むだ》に終《お》わった。

どこを探《さが》しても、ウワサを見《み》つけることはできなかったのだ。

（早《はや》く見《み》つけないと、あいつのせいで災悪《さいあく》に襲《おそ》われる人《ひと》たちが出《で》てきてしまう）

マコトは苦々《にがにが》しい表情《ひょうじょう》を浮《う》かべる。

身体中《からだじゅう》が疲《つか》れ、すぐにでも休《やす》みたい。

しかし、休《やす》むことなどできない。

「……全部《ぜんぶ》、あいつのせいだ」

その顔《かお》に怒《いか》りがにじみ出《で》る。

マコトは苛立《いらだ》ちながらも、再《ふたた》び歩《ある》き出《だ》そうとした。

そんなマコトの前《まえ》に、学校帰《がっこうがえ》りの小学生《しょうがくせい》の男《おとこ》の子《こ》たちが歩《ある》いてきた。

「あ〜あ、どうして僕《ぼく》、言《い》っちゃったんだろう」

「ほんとびっくりしたよ。名前《なまえ》は口《くち》に出《だ》して言《い》っちゃだめだって言《い》われてただろ」

「それは分《わ》かってたんだけど、つい言《い》っちゃったんだ。**『呪《のろ》われた少年《しょうねん》』**の名前《なまえ》」

男《おとこ》の子《こ》たちはそう言《い》いながら、マコトの前《まえ》を通《とお》り過《す》ぎて行《い》く。

マコトは、そんな彼《かれ》らの姿《すがた》を食《く》い入《い》るように見《み》つめるのだった。

小学《しょうがく》5年生《ねんせい》の笠島玲央《かさじまれお》は、道路《どうろ》を歩《ある》きながら、今日《きょう》の昼休《ひるやす》みの出来事《できごと》を思《おも》い出《だ》していた。

クラスの中《なか》でいちばん怖《こわ》い話《はなし》が好《す》きな内藤真由《ないとうまゆ》が、みんなにある噂《うわさ》を話《はな》したのだ。

それは**『呪《のろ》われた少年《しょうねん》』**の話《はなし》である。

「みんな、いい？　この名前《なまえ》は絶対《ぜったい》に口《くち》に出《だ》して言《い》っちゃだめだからね」

真由《まゆ》は、名前《なまえ》を言《い》うと呪《のろ》われることをみんなに話《はな》し、ノートの端《はし》に**『壊井《こわい》ウワサ』**という名前《なまえ》を書《か》いた。

みんなはその話《はなし》を本気《ほんき》で信《しん》じたわけではなかったが、口《くち》に出《だ》して言《い》う者《もの》はいなかった。

玲央《れお》も当然《とうぜん》言《い》うつもりなどなかった。

怖《こわ》い話《はなし》が苦手《にがて》で、真由《まゆ》がそんな話《はなし》をしたことに腹《はら》が立《た》っていたぐらいだ。

しかし昼休《ひるやす》みが終《お》わりに近《ちか》づき、みんなが自分《じぶん》の席《せき》に戻《もど》っているとき、騒動《そうどう》が起《お》きた。

グラウンドでサッカーをして遊《あそ》んでいたクラスメイトの川下伸二《かわしたしんじ》が、みんなが怯《おび》えている姿《すがた》を見《み》て、何《なに》があったのか玲央《れお》にたずねたのだ。

玲央《れお》は、「ああ、それはね」と先《さき》ほどの説明《せつめい》をした。

そのとき、ついうっかり――、

**「真由《まゆ》ちゃんがね、壊井《こわい》ウワサっていう呪《のろ》われた少年《しょうねん》の話《はなし》をしたんだよ」**

と言《い》ってしまったのだ――。

「はあ〜、言《い》うつもりなんかなかったのに」

玲央《れお》はそのことを思《おも》い出《だ》し、溜《た》め息《いき》を漏《も》らす。

一緒《いっしょ》に帰《かえ》っている伸二《しんじ》はそんな玲央《れお》を見《み》て同情《どうじょう》する。

「言《い》っちゃったもんはしょうがないよ。だけどたぶん大丈夫《だいじょうぶ》だと思《おも》うよ。真由《まゆ》ちゃんも、気《き》にしないほうがいいって言《い》ってただろう」

「それはそうだけど……」

玲央《れお》が名前《なまえ》を言《い》った瞬間《しゅんかん》、教室中《きょうしつじゅう》がパニックになった。

真由《まゆ》は変《へん》な話《はなし》をしてしまったことに責任《せきにん》を感《かん》じ、あわてて「ただの噂話《うわさばなし》だから」と言《い》ったのだ。

「みんなも、名前《なまえ》を言《い》っても呪《のろ》われることなんかないって言《い》ってくれたけど」

玲央《れお》もそう思《おも》いたいが、やはり言《い》ってしまったのはショックだ。

「だから大丈夫《だいじょうぶ》だって。気《き》にしない気《き》にしない」

伸二《しんじ》に励《はげ》まされ、玲央《れお》は「う、うん」と力《ちから》なくうなずくしかなかった。

やがて、彼《かれ》と別《わか》れ、玲央《れお》はひとり道路《どうろ》を歩《ある》いて行《い》く。

(たしかに気《き》にしないほうがいいよね……)

気《き》にすると、夜眠《よるねむ》れなくなってしまう。

この前《まえ》も真由《まゆ》の怖《こわ》い話《はなし》を聞《き》いて、一晩中《ひとばんじゅう》そのことを考《かんが》えて怖《こわ》くて眠《ねむ》れなかった。

(呪《のろ》われた少年《しょうねん》の話《はなし》は、もう忘《わす》れよう)

玲《れ》央《お》はそう決心《けっしん》すると、明《あか》るい表情《ひょうじょう》で前《まえ》を向《む》いた。


「君《きみ》、待《ま》つんだ」


突然《とつぜん》、声《こえ》がした。

振《ふ》り返《かえ》ると、マコトが立《た》っている。

**「君《きみ》は呪《のろ》われている。このままでは危《あぶ》ない！」**

「えっ？」

知《し》らない人《ひと》に言《い》われ、玲《れ》央《お》は戸惑《とまど》う。

そんな玲《れ》央《お》にマコトは険《けわ》しい表情《ひょうじょう》で話《はなし》を続《つづ》けた。

「君《きみ》は、呪《のろ》われた少年《しょうねん》の名前《なまえ》を言《い》ったんだろう？」

「ええっと、それは」

「だから呪《のろ》われてしまったんだ。あれはただの噂話《うわさばなし》なんかじゃない！」

マコトは強《つよ》い口調《くちょう》でそう言《い》いながら玲央《れお》に迫《せま》って来《く》る。

「えっと、あの、その」

その迫力《はくりょく》に玲央《れお》は怯《おび》える。

マコトはゆっくりと玲央《れお》に手《て》を伸《の》ばして来《く》る。

「来《こ》ないで！」

玲央《れお》はそんなマコトを怖《こわ》がり、その場《ば》から走《はし》って逃《に》げ出《だ》した。

「待《ま》つんだ！」

マコトは急《いそ》いで玲央《れお》を追《お》おうとする。

だが、その足《あし》が一瞬《いっしゅん》止《と》まる。

「彼《かれ》は呪《のろ》われている……」

このままでは災悪《さいあく》が現《あらわ》れるだろう。

「だけど、現《あらわ》れるのは災悪《さいあく》だけじゃない……」

マコトはふと、周《まわ》りを見《み》た。

呪《のろ》われた人間《にんげん》のところには、ウワサも現《あらわ》れる。

（それなら、このまま今《いま》の子《こ》を見張《みは》っていれば）

今度《こんど》こそ、ウワサを捕《つか》まえることができる。

マコトはあわてて玲央《れお》の後《あと》を追《お》った。


**（さっきのお兄《にい》ちゃん、何《なん》だったの⁇）**

駅前《えきまえ》から少《すこ》し行《い》ったところにある書店《しょてん》の店内《てんない》。

玲央《れお》はマコトから逃《に》げて身《み》を隠《かく》していた。

(僕《ぼく》が呪《のろ》われているって言《い》ってたけど)

マコトは先《さき》ほど玲央《れお》たちが呪《のろ》われた少年《しょうねん》の話《はなし》をしていたのを盗《ぬす》み聞《ぎ》きしていたようだ。

彼《かれ》もおそらく呪《のろ》われた少年《しょうねん》の話《はなし》を知《し》っているのだろう。

(怖《こわ》がらせようと思《おも》ったのかな?)

玲央《れお》はそう思《おも》いながらも、マコトが険《けわ》しい表情《ひょうじょう》をしていたのを思《おも》い出《だ》した。

(あれは、本気《ほんき》で言《い》ってる顔《かお》だよね……)

一瞬《いっしゅん》、身震《みぶる》いをする。

呪《のろ》われた少年《しょうねん》の名前《なまえ》を言《い》ってしまったことを今《いま》さらながらに後悔《こうかい》した。

(早《はや》く家《いえ》に帰《かえ》ろう)

玲央《れお》は店《みせ》の自動《じどう》ドアから外《そと》を見《み》て、マコトが追《お》いかけてきていないことを確認《かくにん》すると、店《みせ》から出《で》ようとした。

そのとき、玲央《れお》の耳元《みみもと》で音《おと》がした。

シャキン　シャキン

金属《きんぞく》がすれるような音《おと》だ。

玲央《れお》は周《まわ》りを見《み》るが、何《なに》もない。

周《まわ》りの人《ひと》もとくに気《き》になってはいないようだ。

「気《き》のせいだったのかな」

玲央《れお》は店《みせ》から出《で》ようと、自動《じどう》ドアのほうに顔《かお》を向《む》けた。

すると目《め》の前《まえ》に、背《せ》の高《たか》い男《おとこ》の人《ひと》がいつの間《ま》にか立《た》っていた。

男《おとこ》の人《ひと》は季節外《きせつはず》れの灰色《はいいろ》のロングコートを着《き》ている。

「あ、ごめんなさい」

通行《つうこう》の邪魔《じゃま》をしているのだと思《おも》い、玲央《れお》は端《はし》に寄《よ》ろうとする。

だが、男《おとこ》の人《ひと》はなぜかその場《ば》から動《うご》かない。

「ええっと」

玲央《れお》は戸惑《とまど》いながらも、男《おとこ》の人《ひと》の脇《わき》を通《とお》って、店《みせ》から出《で》ようとした。

そんな玲央《れお》のほうに、男《おとこ》の人《ひと》はわずかに顔《かお》を向《む》けて喋《しゃべ》った。

**「君《きみ》は、どんな風《ふう》になりたい……？」**

男《おとこ》の人《ひと》は、玲央《れお》にそうたずねる。

「どんな風《ふう》に？」

意味《いみ》が分《わ》からず、玲央《れお》は首《くび》をかしげながら、男《おとこ》の人《ひと》の顔《かお》を見上《みあ》げた。

**「えっ!?」**

瞬間《しゅんかん》、玲央《れお》は目《め》をパチクリさせる。

男《おとこ》の人《ひと》はコートから顔《かお》だけが出《で》ている。


その顔《かお》は、金属《きんぞく》でできていた。

そして首《くび》がなく、金属《きんぞく》の顔《かお》がコートの上《うえ》に浮《う》いていた。


「ひいい」

玲央《れお》は思《おも》わずのけぞる。

男《おとこ》は浮《う》いた顔《かお》を動《うご》かし、玲央《れお》を真顔《まがお》でじっと見《み》つめた。

**キルキルキルキルキル**

男《おとこ》は不気味《ぶきみ》な声《こえ》を出《だ》して、玲央《れお》に迫《せま》ってくる。

**「うわあぁっ！」**

玲央《れお》はあわてて店《みせ》から飛《と》び出《だ》した。

「何《なん》なのあれ??」

首《くび》が宙《ちゅう》に浮《う》いていた。しかも顔《かお》は金属《きんぞく》でできている。

「誰《だれ》か助《たす》けて！」

玲央《れお》は泣《な》きそうな声《こえ》を出《だ》しながら、住宅地《じゅうたくち》の路地《ろじ》を曲《ま》がった。

**ドンッ**
曲《ま》がった瞬間《しゅんかん》、誰《だれ》かとぶつかる。

驚《おどろ》き、距離《きょり》を取《と》ると、ぶつかった人物《じんぶつ》が声《こえ》をかけてきた。

「笠島《かさじま》、何《なに》をしてるんだ？」

目《め》の前《まえ》に立《た》っていたのは、担任《たんにん》の横山先生《よこやませんせい》である。

「先生《せんせい》！」

玲央《れお》は思《おも》わず先生《せんせい》の服《ふく》にしがみつく。

「変《へん》な人《ひと》がいて！」

先《さき》ほど書店《しょてん》で出会《であ》った男《おとこ》のことを話《はな》した。

しかし、横山先生《よこやませんせい》は首《くび》をかしげた。

「顔《かお》が浮《う》いた男《おとこ》の人《ひと》だって？　そんなのいるわけないいじゃないか」

「ほんとにいたんだって！」

玲央《れお》は必死《ひっし》に訴《うった》えるが、まったく信《しん》じてもらえなそうだ。

**「とにかく逃《に》げなきゃ！」**

ここに立《た》ち止《ど》まったままでは、先《さき》ほどの男《おとこ》に追《お》いつかれるかもしれない。

玲央《れお》は走《はし》り出《だ》そうとした。

すると、横山先生《よこやませんせい》が前《まえ》に立《た》ち塞《ふさ》がった。

「そんなに急《いそ》ぐことないじゃないか」

「先生《せんせい》、どいて！　早《はや》く逃《に》げなきゃ」

「どうして逃《に》げるんだ？　――**どんな風《ふう》になりたいか、聞《き》いただけだろう？**」

「えっ？」

玲央《れお》が困惑《こんわく》していると、先生《せんせい》の身体《からだ》から音《おと》がした。

**シャキン　シャキン**

金属《きんぞく》がすれるような音《おと》だ。

横山先生《よこやませんせい》は真顔《まがお》で玲央《れお》をじっと見《み》つめている。

「先生《せんせい》？」

刹那《せつな》、玲央《れお》はハッとした。

先生《せんせい》はなぜか、季節外《きせつはず》れのマフラーを首《くび》に巻《ま》いていたのだ。

「先生《せんせい》、どうしてマフラーなんかしてるの⁇」

「マフラー？　ああ、気《き》にしなくていいよ……」

横山先生《よこやませんせい》は真顔《まがお》のままで言《い》う。

「そんなことより……、聞《き》いているだろう。**君《きみ》は、どんな風《ふう》になりたい……？**」

そう言《い》いながら、横山先生《よこやませんせい》は一歩《いっぽ》、玲央《れお》に近《ちか》づく。

首《くび》に巻《ま》いていたマフラーが取《と》れ、地面《じめん》に落《お》ちた。

**「ああっ！」**

見《み》ると、先生《せんせい》の首《くび》がない。

その顔《かお》は、いつの間《ま》にか金属《きんぞく》になっていて身体《からだ》の上《うえ》に浮《う》いていた。

**キルキルキルキルキルキル**

先生《せんせい》は不気味《ぶきみ》な声《こえ》を出《だ》して、玲央《れお》に迫《せま》ってくる。

**「ひいいい！」**

玲央《れお》は悲鳴《ひめい》をあげて、反対側《はんたいがわ》の路地《ろじ》へと逃《に》げた。

（あれは先生《せんせい》じゃない）

見《み》た目《め》は先生《せんせい》だったが、先《さき》ほどの男《おとこ》と同《おな》じように金属《きんぞく》の顔《かお》が浮《う》いていたのだ。

「誰《だれ》か助《たす》けて！」

玲央《れお》は必死《ひっし》に声《こえ》をあげる。

と、前方《ぜんぽう》にひとりの女《おんな》の子《こ》が歩《ある》いているのが見《み》えた。

クラスメイトの内藤真由《ないとうまゆ》だ。

「真由《まゆ》ちゃん！」

玲央《れお》はあわてて真由《まゆ》のそばに駆《か》け寄《よ》った。

「玲央《れお》くん、どうしたの？」

その慌《あわ》てぶりを見《み》て、真由《まゆ》は戸惑《とまど》っているようだ。

玲央《れお》はそんな真由《まゆ》の首《くび》を確認《かくにん》する。

首《くび》はあり、顔《かお》とちゃんと繋《つな》がっている。

「よかった〜」

玲《れ》央《お》は辺《あた》りを見回《みまわ》し、書店《しょてん》の男《おとこ》や先生《せんせい》の姿《すがた》がないことを確認《かくにん》すると、真《ま》由《ゆ》の腕《うで》を引《ひ》っ張《ぱ》り、細《ほそ》い路地《ろじ》へと入《はい》った。

「ちょっと、どうしたの？」

「何《なに》か変《へん》なんだ！」

玲《れ》央《お》は、男《おとこ》や先生《せんせい》のことを真《ま》由《ゆ》に話《はな》した。

「男《おとこ》の人《ひと》も先生《せんせい》も金属《きんぞく》の顔《かお》が浮《う》かんでたんだ。それにシャキンシャキンって音《おと》も聞《き》こえてきて」

真《ま》由《ゆ》はそれを聞《き》き驚《おどろ》くが、すぐに真剣《しんけん》な表情《ひょうじょう》になる。

**「それって、もしかして玲《れ》央《お》くんが呪《のろ》われたせいかも」**

「呪《のろ》われた??」

「うん。呪《のろ》われた少年《しょうねん》の名前《なまえ》を言《い》ったら、呪《のろ》われる。それは**災悪《さいあく》という存在《そんざい》に襲《おそ》われる**って意味《いみ》なの」

「そんな……」

玲央《れお》は自分《じぶん》が本当《ほんとう》に呪《のろ》われていることを知《し》り、ショックを受《う》ける。

「さっきの男《おとこ》とか先生《せんせい》がその災悪《さいあく》ってこと？」

「ええ。ハサミで切《き》るときの音《おと》が聞《き》こえたんでしょ」

「ハサミ？　あっ、あの金属《きんぞく》がすれるような音《おと》のこと??」

あれはハサミが動《うご》いているときの音《おと》だったらしい。

「このままだと、玲央《れお》くん、災悪《さいあく》に切《き》り刻《きざ》まれちゃうかも」

「えええ??」

玲央《れお》はゾッとする。

男《おとこ》や先生《せんせい》は同《おな》じ言葉《ことば》を言《い》っていた。

**『君《きみ》は、どんな風《ふう》になりたい……？』**


それは、ハサミで切《き》られ、どんな風《ふう》になりたいかを聞《き》いていたのだ。

「そんなの嫌《いや》だよ！」

玲央《れお》は泣《な》きそうな声《こえ》で真由《まゆ》に言《い》った。

「そうだよね。私《わたし》が何《なん》とかしてあげる。後《うし》ろを向《む》いて」

「えっ？」

「早《はや》く！　助《たす》かりたいでしょ」

「そ、そりゃあ助《たす》かりたいけど」

玲央《れお》は首《くび》をかしげながらも、真由《まゆ》に背《せ》を向《む》けた。

「何《なに》をするの？」

「いいから、こっちを見《み》ちゃだめだよ」

「う、うん」

玲央《れお》は背《せ》を向《む》けたまま真由《まゆ》に答《こた》える。

すると、背後《はいご》から音《おと》がした。

**シャキン　シャキン**

金属《きんぞく》がすれるような音《おと》だ。

「今《いま》のは？」

「いいから、こっち見《み》ないで」

「だけど」

「いいから。**このままじゃ助《たす》からないよ！**」

真由《まゆ》は怒鳴《どな》るように言《い》う。

玲央《れお》はその声《こえ》に驚《おどろ》き、背筋《せすじ》を伸《の》ばした。

真由《まゆ》が怒鳴《どな》るなんて初《はじ》めてだ。

（まるで、真由《まゆ》ちゃんじゃないみたい）

そう思《おも》いながら、玲央《れお》はハッとした。

（そう言《い》えば、どうして真由《まゆ》ちゃんはあんなことを知《し》ってたんだろう？）

それは、先《さき》ほど呪《のろ》われたら『災悪《さいあく》』に襲《おそ》われると言《い》っていたことだ。

（災悪《さいあく》に襲《おそ》われるなんて、呪《のろ》われた少年《しょうねん》の話《はなし》をしてたとき言《い》ってなかったよね？）

玲央《れお》はそのことを考《かんが》えながら、「あっ」と言葉《ことば》を漏《も》らした。

**（真由《まゆ》ちゃんは、なぜシャキンシャキンって音《おと》がハサミって分《わ》かったの？）**

玲央《れお》は不思議《ふしぎ》に思《おも》い、真由《まゆ》のほうに顔《かお》を向《む》けようとした。

「えっ!?」

夕暮《ゆうぐ》れの赤《あか》い太陽《たいよう》に照《て》らされ、後《うし》ろに立《た》つ真由《まゆ》の影《かげ》が玲央《れお》のそばまで延《の》びている。

だが、その影《かげ》がおかしい。

それは、人《ひと》の形《かたち》ではなかった。

その影《かげ》は、大《おお》きなハサミのような形《かたち》をしていた。

「真由《まゆ》ちゃん??」

玲央《れお》は驚《おどろ》き後《うし》ろを見《み》る。

「どうしたの？」

真由《まゆ》は真顔《まがお》で玲央《れお》をじっと見《み》つめている。

**「あああ！」**

玲央《れお》はその姿《すがた》を見《み》て血《ち》の気《け》が引《ひ》いた。

真由《まゆ》の顔《かお》が宙《ちゅう》に浮《う》いている。

その顔《かお》は金属《きんぞく》になっていて、顔《かお》の下《した》に人《ひと》の背丈《せたけ》と同《おな》じぐらいの巨大《きょだい》なハサミがあった。

ハサミは錆《さ》びつき、黒《くろ》ずんでいる。

**「こっちを……見《み》ちゃだめだって……言《い》ったのに……」**

真由《まゆ》が真顔《まがお》でそう言《い》う。

白《しろ》い靄《もや》がその顔《かお》を包《つつ》み込《こ》む。

靄《もや》の中《なか》に一瞬《いっしゅん》、横山先生《よこやませんせい》の顔《かお》が見《み》え、そして消《き》える。

靄《もや》が晴《は》れると、先《さき》ほど本屋《ほんや》で見《み》かけたあの男《おとこ》の金属《きんぞく》の顔《かお》になった——。

**「君《きみ》は、どんな風《ふう》になりたい……？」**

宙《ちゅう》に浮《う》いた金属《きんぞく》の顔《かお》が真顔《まがお》で玲央《れお》にたずねる。

「あ、ああ」

玲央《れお》は怯《おび》えていて何《なに》も答《こた》えることができない。

浮《う》いた顔《かお》が消《き》える。

同時《どうじ》に、巨大《きょだい》なハサミが宙《ちゅう》に浮《う》き、玲央《れお》のほうに刃《は》が向《む》いた。

その刃《は》が迫《せま》る。

「うわあっ！」
玲央《れお》は反射的《はんしゃてき》にその場《ば》にしゃがみ込《こ》んだ。

**チョキン！**

ハサミの２つの刃《は》が重《かさ》なり、玲央《れお》のそばにあった大《おお》きな木《き》を切《き》る。
バタンという音《おと》とともに、その木《き》が根元《ねもと》から切《き》れ、地面《じめん》に倒《たお》れた。
「ひいい!!」
玲央《れお》は震《ふる》えながらその光景《こうけい》を見《み》る。

**チョキン！**

ハサミはさらに、路地《ろじ》に停《と》めてあった自転車《じてんしゃ》を真《ま》っ二《ぷた》つに切《き》った。

**キルキルキルキルキルキル**

巨大《きょだい》なハサミの刃《は》が不気味《ぶきみ》な声《こえ》を出《だ》しながら、玲央《れお》のほうを向《む》く。

「い、嫌《いや》だ!!」

玲央《れお》はあわてて立《た》ち上《あ》がるとその場《ば》から逃《に》げ出《だ》した。


**「くっ、あの子《こ》はどこに行《い》ったんだ?」**

一方《いっぽう》、住宅地《じゅうたくち》のそばの道路《どうろ》。

マコトは走《はし》りながら玲央《れお》のことを探《さが》していた。

先《さき》ほど書店《しょてん》の近《ちか》くで見《み》かけたが、彼《かれ》は何《なに》かから逃《に》げていた。

あわてて追《お》いかけたが、行方《ゆくえ》が分《わ》からなくなってしまったのだ。

(彼《かれ》を見張《みは》っていれば、きっとあいつが)

呪《のろ》われた人間《にんげん》のもとには、ウワサが現《あらわ》れるはずだ。

マコトはそれを期待《きたい》しながら、住宅地《じゅうたくち》の路地《ろじ》へと入《はい》った。

すると、大《おお》きな木《き》が道《みち》を塞《ふさ》ぐように倒《たお》れていた。

そばには真《ま》っ二《ぷた》つに切《き》られた自転車《じてんしゃ》もある。

「これは……」

人間《にんげん》がやったようには思《おも》えない。

マコトは、災悪《さいあく》がやったのだと気《き》づいた。

「さっきの子《こ》が襲《おそ》われたんだ」

玲央《れお》はまだこの近《ちか》くにいるかもしれない。

（見《み》つけて、隠《かく》れて待《ま》っていれば）

ウワサがやって来《く》るはずだ。

マコトは思《おも》わずほほ笑《え》む。

「よし」

彼《かれ》を探《さが》すために、マコトは走《はし》り出《だ》そうとした。

だがふと、その足《あし》が止《と》まった。

顔《かお》を、倒《たお》れている木《き》や自転車《じてんしゃ》に向《む》ける。

（このままだと、さっきの子《こ》は……）

彼《かれ》のもとに現《あらわ》れた災悪《さいあく》はかなり凶悪《きょうあく》な存在《そんざい》のようだ。

ウワサが来《く》るのを待《ま》つ間《あいだ》、もしかすると玲《れ》央《お》は災悪《さいあく》に襲《おそ》われ、大怪我《おおけが》を負《お》ってしまうかもしれない。

「そんなことは……」

マコトは奥歯《おくば》を噛《か》みしめ、苦々《にがにが》しい表情《ひょうじょう》になる。

手《て》を強《つよ》く握《にぎ》り締《し》め、全身《ぜんしん》に力《ちから》を入《い》れる。

ウワサを捕《つか》まえたい。

だが、それ以上《いじょう》に、ウワサのせいで傷《きず》つく人《ひと》たちを見《み》たくない。

**「彼《かれ》を今《いま》すぐ助《たす》けないと！」**

マコトは全力《ぜんりょく》で駆《か》け出《だ》した。

**「助《たす》けて！　助《たす》けて!!」**

玲《れ》央《お》は必死《ひっし》に走《はし》る。

後《うし》ろには、巨大《きょだい》なハサミが追《お》ってきていた。

**「助《たす》けて！　助《たす》けて!!」**

玲《れ》央《お》は必死《ひっし》に走《はし》る。

後《うし》ろには、宙《ちゅう》を飛《と》ぶ巨大《きょだい》なハサミが迫《せま》る。

**シャキン　シャキン**

玲央《れお》のほうに刃《は》が向《む》き、巨大《きょだい》なハサミが動《うご》く。

**シャキン　シャキン**

巨大《きょだい》なハサミはさらに迫《せま》る。

「嫌《いや》だ!!」

玲央《れお》は道路《どうろ》の角《かど》を曲《ま》がった。

「ああ！」

だがそこは、袋小路《ふくろこうじ》になっていて行《い》き止《ど》まりだった。

「そんな!?」

近《ちか》くの家《いえ》の塀《へい》をよじ登《のぼ》ろうとする。

しかし、手《て》が滑《すべ》りバランスを崩《くず》してしまった。

**「わっ」**

ドスンという音《おと》とともに、玲央《れお》はその場《ば》に尻《しり》もちをついてしまった。

**キルキルキルキルキル**

巨大《きょだい》なハサミが不気味《ぶきみ》な声《こえ》を発《はっ》しながら、玲央《れお》のほうに刃《は》を向《む》ける。

「や、やめて……」

玲央《れお》は震《ふる》えながら訴《うった》える。

**「僕《ぼく》、何《なに》もしてない！　ただ呪《のろ》われただけなんだよ！」**

呪《のろ》われた少年《しょうねん》の名前《なまえ》を言《い》っただけだ。

それなのに切《き》り刻《きざ》まれようとしている。

「だから許《ゆる》して！」

玲央《れお》は泣《な》きながら、必死《ひっし》に頭《あたま》を下《さ》げた。

すると、ハサミの動《うご》きが止《と》まった。

助《たす》かった、と玲央《れお》は思《おも》う。

しかし次《つぎ》の瞬間《しゅんかん》、ハサミが大《おお》きく刃《は》を動《うご》かした。

**シャキンシャキンシャキンシャキンシャキン**

刃《は》が激《はげ》しく動《うご》く。
まるで玲《れ》央《お》を襲《おそ》うのを楽《たの》しみにしているかのようだ。
巨大《きょだい》なハサミがさらに迫《せま》り、刃《は》が玲《れ》央《お》の顔《かお》を挟《はさ》むように大《おお》きく開《ひら》いた。
玲《れ》央《お》はあまりの恐怖《きょうふ》で動《うご》くことができない。
2つの刃《は》は、そのままゆっくりと閉《と》じようとした。
そのとき――、
誰《だれ》かがそんな玲《れ》央《お》のそばに駆《か》け込《こ》んできた。
その人物《じんぶつ》の手《て》には、銀色《ぎんいろ》のペンがあった――。

しばらくして。
マコトは必死《ひっし》に住宅地《じゅうたくち》を走《はし》っていた。
路地《ろじ》を曲《ま》がり、さらに曲《ま》がる。
すると、袋小路《ふくろこうじ》の行《い》き止《ど》まりに辿《たど》り着《つ》いた。
「ああっ!」
そこには、玲《れ》央《お》がしゃがみ込《こ》んでいる。

**「大丈夫《だいじょうぶ》か!?」**

マコトはあわててそばに駆《か》け寄《よ》った。

「災悪《さいあく》はどこに?」

険《けわ》しい表情《ひょうじょう》をしながらマコトは周《まわ》りを警戒《けいかい》する。

「災悪《さいあく》って、あのハサミの化《ば》け物《もの》のことだよね?」

「ハサミ? そうか、木《き》が切《き》られていたのは、そのハサミのせいだったんだな」

マコトは周《まわ》りにハサミ人間《にんげん》がいないことを確認《かくにん》すると、玲央《れお》のほうを見《み》た。

「今《いま》のうちに逃《に》げよう! このままだと襲《おそ》われてしまう!」

マコトは玲央《れお》を立《た》たせると腕《うで》を摑《つか》み、走《はし》り出《だ》そうとした。

だが、玲央《れお》が「待《ま》って」と声《こえ》をあげた。

**「災悪《さいあく》はもういないよ」**

「えっ?」

「**『ハサミ人間《にんげん》』**は、さっき知《し》らないお兄《にい》ちゃんが倒《たお》してくれたから」

「それって」

マコトの目《め》が大《おお》きくなる。

玲《れ》央《お》を助《たす》けた人物《じんぶつ》——、それはウワサだった。

ウワサは、巨大《きょだい》なハサミの災悪《さいあく》、ハサミ人間《にんげん》をすでに倒《たお》していたのだ。

「あいつはどこに行《い》ったんだ？」

マコトは玲《れ》央《お》に詰《つ》め寄《よ》る。

「そ、そんなの分《わ》からないよ」

玲《れ》央《お》はマコトの迫力《はくりょく》にたじろぎながら答《こた》えた。

「あのお兄《にい》ちゃん、『**僕《ぼく》の名前《なまえ》をもう絶対《ぜったい》に言《い》ってはいけない**』って言《い》ってた」

ウワサは、玲《れ》央《お》の呪《のろ》いが消《き》えたことを話《はな》すと、そのまま去《さ》って行《い》ったのだという。

「あいつはいついたんだ??」

「ええっと、5分《ふん》ぐらい前《まえ》だよ」

玲《れ》央《お》はウワサによって助《たす》かったものの、災悪《さいあく》に襲《おそ》われたショックから、その場《ば》に座《すわ》り込《こ》んでしまっていたという。

「近《ちか》くにいたのか！」

マコトはあわてて走《はし》り出《だ》すと、辺《あた》りを必死《ひっし》に探《さが》す。

だがいくら探《さが》しても、ウワサを見《み》つけることができない。

「くうう、**次《つぎ》に見《み》つけたら必《かなら》ずあいつを——**」

マコトは唸《うな》るようにそう言《い》うのだった。


その頃《ころ》、町外《まちはず》れの道路《どうろ》をひとりの少年《しょうねん》が歩《ある》いていた。

ウワサである。

**「ハサミ人間《にんげん》を倒《たお》せてよかったね」**

ふと、ミリアが跳《は》ねながら現《あらわ》れる。

ウワサはそんなミリアを無視《むし》して歩《ある》き続《つづ》ける。

「この辺《あた》りに、『彼《かれ》』いたみたいだよ」

ミリアはふとそう言《い》った。

それを聞《き》き、ウワサは思《おも》わず立《た》ち止《ど》まる。

ゆっくりと振《ふ》り返《かえ》り、先《さき》ほどまでいた町並《まちな》みを眺《なが》める。

その目《め》はどこか悲《かな》しそうだ。

「……捕《つか》まるわけにはいかないんだ」

ウワサは呟《つぶや》くように言《い》う。

そんなウワサにミリアは「そうだよね」とうなずいた。

**「今《いま》捕《つか》まっちゃったら救《すく》えなくなるものね。みんなも、そして——」**

ミリアはウワサを見《み》ながら、わずかにほほ笑《え》んだ。

ウワサの顔《かお》が一瞬険《いっしゅんけわ》しくなる。

しかしすぐに元《もと》に戻《もど》った。

**「僕《ぼく》が何《なん》とかする――」**

ウワサはイヤホンを耳《みみ》につけると、再《ふたた》び歩《ある》き出《だ》すのだった。

# ケース4

# 邪《じゃ》悪《あく》な願《ねが》い

「こんな大都会《だいとかい》に来《き》たのは久《ひさ》しぶりだねえ」

高層《こうそう》ビルが建《た》ち並《なら》ぶ街《まち》に、ウサギがいる。

ミリアだ。

ミリアの横《よこ》には、ウワサが立《た》っていた。

「あっちに大《おお》きな美術館《びじゅつかん》があるらしいよ。ちょっと行《い》ってみようよ」

ミリアはピョンピョンと跳《は》ねながら、大通《おおどお》りのほうへ向《む》かおうとする。

だが、そんなミリアをウワサが呼《よ》び止《と》めた。

「僕《ぼく》は、美術館《びじゅつかん》に行《い》くためにここに来《き》たんじゃない」

その手《て》の平《ひら》には、銀色《ぎんいろ》のペンが浮《う》いている。

そのペンは、大通《おおどお》りとは反対《はんたい》の位置《いち》にあるマンションが建《た》ち並《なら》んでいるほうを指《さ》し示《しめ》していた。

「もう〜、たまには休憩《きゅうけい》したっていいじゃない」

ミリアは生真面目《きまじめ》なウワサに呆《あき》れ、鼻《はな》から息《いき》を漏《も》らす。

だが、ウワサは真剣《しんけん》な表情《ひょうじょう》でミリアを睨《にら》むように見《み》た。

「休憩《きゅうけい》なんてできるわけないだろ。少《すこ》しでも早《はや》く災悪《さいあく》を見《み》つけ出《だ》さないと」

人々《ひとびと》が災悪《さいあく》に襲《おそ》われてしまう。

それを止《と》めるために、ウワサはここまで来《き》たのだ。

「美術館《びじゅつかん》に行《い》きたいなら勝手《かって》に行《い》けばいいよ」

ウワサはそう言《い》うと、ミリアを放《ほう》ってマンションのある方向《ほうこう》へ歩《ある》き出《だ》そうとした。

そのとき、誰《だれ》かが道路《どうろ》を塞《ふさ》ぐようにウワサの前《まえ》に立《た》った。

もしかして、マコトに見《み》つかったのかも――。

ウワサはハッとし、身構《みがま》える。

しかし、そこに立《た》っていたのは、中学生《ちゅうがくせい》ぐらいのショートカットの女《おんな》の子《こ》だった。

女《おんな》の子《こ》はウワサをジロジロと観察《かんさつ》するように見《み》ている。

「え、えっと、何《なに》かな？」

ウワサが戸惑《とまど》っていると、女《おんな》の子《こ》は少《すこ》し怯《おび》えながら口《くち》を開《ひら》いた。

「**あなた、もしかして、呪《のろ》われた少年《しょうねん》？**」

「えっ？」

予想《よそう》だにしていなかった言葉《ことば》に、ウワサは驚《おどろ》く。

ミリアはそれを聞《き》き、急《きゅう》に跳《は》ねるように飛《と》ぶと、女《おんな》の子《こ》の足元《あしもと》に立《た》った。

「ねえ、どういうこと？　この子《こ》、キミのこと知《し》ってるみたいだよ」

その顔《かお》は笑《わら》っている。興味《きょうみ》を持《も》ったようだ。

「ねえねえ、どうして知《し》ってるの？　どこかで彼《かれ》を見《み》たことあるのかな？」

ミリアは女《おんな》の子《こ》のほうを見《み》ながらそうたずねる。

「ミリア、下《さ》がって」

「いいじゃない。**私《わたし》は人間《にんげん》には見《み》えないし、声《こえ》も聞《き》こえない**んだから」

ミリアの言《い》うとおり、女《おんな》の子《こ》は目《め》の前《まえ》にいる喋《しゃべ》る白《しろ》いウサギにまったく気《き》づいていないようだ。

「ねえねえ、彼《かれ》が呪《のろ》われた少年《しょうねん》ってどうして分《わ》かっちゃったの？」

ミリアは女《おんな》の子《こ》に聞《き》こえていないのを知《し》りながら話《はな》しかけていた。

一方《いっぽう》、ウワサはどう答《こた》えればいいのか分《わ》からず、困惑《こんわく》した表情《ひょうじょう》になる。

だが、すぐに首《くび》を大《おお》きく横《よこ》に振《ふ》った。

「人違《ひとちが》いだよ」

はっきりと言《い》う。

しかしその目《め》は、女《おんな》の子《こ》の目《め》を見《み》ることができなかった。

「だけど」

女《おんな》の子《こ》はなおも食《く》い下《さ》がる。

**「僕《ぼく》は違《ちが》うから！」**

これ以上話《いじょうはなし》を続《つづ》けるのは危険《きけん》だ。

ウワサは逃《に》げるようにその場《ば》から立《た》ち去《さ》る。

**「あらら、楽《たの》しいところだったのに～」**

ミリアはガッカリしながらも、その後《あと》を追《お》いかける。

道路《どうろ》には、女《おんな》の子《こ》がひとりポツンと残《のこ》されるのだった。

「昨日《きのう》のあの人《ひと》、絶対《ぜったい》**呪《のろ》われた少年《しょうねん》**だったと思《おも》うんだ」

翌日《よくじつ》。中学《ちゅうがく》2年生《ねんせい》の教室《きょうしつ》で、天野美知佳《あまのみちか》は昨日《きのう》の出来事《できごと》を話《はな》していた。

ショートカットの髪《かみ》が、興奮気味《こうふんぎみ》に話《はな》す美知佳《みちか》に合《あ》わせて揺《ゆ》れている。

「だけど、呪《のろ》われた少年《しょうねん》なんて本当《ほんとう》にいるの？」

話《はなし》を聞《き》いていた牧村《まきむら》しのぶがたずねる。

「あれってただの噂話《うわさばなし》だよね。ただ似《に》てる人《ひと》だったんじゃないの？」

「そうかもしれないけど。だけど、聞《き》いてた特徴《とくちょう》とそっくりだったんだよ」

呪《のろ》われた少年《しょうねん》は、白《しろ》い服《ふく》を着《き》ていて、左目《ひだりめ》だけが赤色《あかいろ》なのだという。

まさにその特徴《とくちょう》と同《おな》じだったのだ。

「それに、呪《のろ》われた少年《しょうねん》なのか聞《き》いたら、すごくオドオドしてたんだよ」

美知佳《みちか》は、彼《かれ》が呪《のろ》われた少年《しょうねん》で間違《まちが》いないと思《おも》っていた。

しかし、しのぶはその考《かんが》えを笑《わら》う。

「いきなりそんなこと聞《き》かれたら、私《わたし》だってびっくりしちゃうよ。きっと、その人《ひと》も呪《のろ》われた少《しょう》年《ねん》の話《はなし》を知《し》ってて、それで美知佳《みちか》ちゃんが変《へん》なこと言《い》ってきて怯《おび》えちゃったのかも」

「それは」

たしかにその通《とお》りかもしれない。

やがてチャイムが鳴《な》り、休《やす》み時間《じかん》が終《お》わった。

「まあ、もしその人《ひと》が本物《ほんもの》の呪《のろ》われた少年《しょうねん》だったとしても、私《わたし》たちは呪《のろ》われないからよかったじゃん」

しのぶが美知佳《みちか》に言《い》う。

「え、あ、うん。それはそうなんだけど」

呪《のろ》われた少年《しょうねん》は、彼《かれ》の名前《なまえ》を言《い》ったら呪《のろ》われる。

しかし、美知佳《みちか》もしのぶも肝心《かんじん》のその名前《なまえ》を知《し》らなかった。

「美知佳《みちか》ちゃん、私《わたし》、ネットで調《しら》べてみよっか？　なんか興味《きょうみ》でてきた」

しのぶが笑《わら》いながら言《い》う。

だが、美知佳《みちか》はそんな彼女《かのじょ》に苦《にが》い顔《かお》をした。

「そんなのやめたほうがいいよ」

単《たん》なる噂話《うわさばなし》だが、どこか怖《こわ》い。

わざわざ名前《なまえ》など調《しら》べるべきではないと思《おも》ったのだ。

「も〜、美知佳《みちか》ちゃんから言《い》ってきたくせに〜」

しのぶは美知佳《みちか》に呆《あき》れる。

「だけど大丈夫《だいじょうぶ》だよ。調《しら》べたりしないから」

ただの噂話《うわさばなし》だとは分《わ》かりながらも、しのぶも怖《こわ》がっているようだ。

美知佳《みちか》はそれを聞《き》き、少《すこ》しだけホッとした。

(たしかに私《わたし》が変《へん》なこと言《い》っちゃったせいだよね)

呪《のろ》われた少年《しょうねん》に似《に》た人《ひと》を見《み》るべきじゃなかった。

そう思《おも》いながら、美知佳《みちか》は自分《じぶん》の席《せき》に座《すわ》った。

そのとき――、
ひとりの男子生徒《だんしせいと》が横《よこ》を通《とお》り過《す》ぎた。

**「僕《ぼく》、呪《のろ》われた少年《しょうねん》の名前《なまえ》、知《し》ってるよ」**

**「えっ」**

男子生徒《だんしせいと》は呟《つぶや》くように言《い》うと、いちばん後《うし》ろにある自分《じぶん》の席《せき》に座《すわ》った。
(元宮《もとみや》くん、今《いま》、私《わたし》に言《い》ったんだよね……？)
元宮弘之《もとみやひろゆき》とは、今《いま》までほとんど喋《しゃべ》ったことはない。
性格《せいかく》はひねくれていて、よく人《ひと》の悪口《わるくち》を言《い》っている。
男子生徒《だんしせいと》からもあまり人気《にんき》がないようで、クラスで浮《う》いた存在《そんざい》だった。
美知佳《みちか》たちが先《さき》ほど呪《のろ》われた少年《しょうねん》の話《はなし》をしていたのを、近《ちか》くで聞《き》いていたのだろう。
だがそれよりも、美知佳《みちか》は彼《かれ》が言《い》った言葉《ことば》が気《き》になる。
(名前《なまえ》を知《し》ってる……？)
美知佳《みちか》は元宮《もとみや》のほうに顔《かお》を向《む》けようとする。
と、教室《きょうしつ》のドアが開《ひら》き、先生《せんせい》が入《はい》ってきた。
「さあ、授業《じゅぎょう》を始《はじ》めるぞ～」
みな、姿勢《しせい》を正《ただ》す。
結局《けっきょく》、美知佳《みちか》は元宮《もとみや》から何《なに》も聞《き》けないまま、前《まえ》を向《む》くのだった。
「へえ、元宮《もとみや》くんがそんなこと言《い》ってたんだ」

昼《ひる》の食事《しょくじ》の時間《じかん》。

美知佳《みちか》はしのぶと一緒《いっしょ》に弁当《べんとう》を食《た》べていた。

「名前《なまえ》、教《おし》えてもらおうよ。たしか紙《かみ》に書《か》けば大丈夫《だいじょうぶ》なんだよね？」

「ちょっと、しのぶ、そういうのよしなよ」

「冗談《じょうだん》だよ冗談《じょうだん》」

美知佳《みちか》は楽《たの》しげに笑《わら》うしのぶにうんざりする。

「この話《はなし》はもうやめよう」

美知佳《みちか》はそう言《い》いながら、チラリと元宮《もとみや》の席《せき》のほうを見《み》た。

しかし、元宮《もとみや》の姿《すがた》はなかった。

ほかの席《せき》にもいない。

どうやらすでに昼《ひる》ご飯《はん》を食《た》べ終《お》わり、どこかに行《い》ってしまったようだ。

（まだご飯《はん》の時間《じかん》なのに、どこに行《い》ったんだろう？）

美知佳《みちか》はそう思《おも》いながら、しのぶと違《ちが》う話《はなし》をするのだった。


その頃《ころ》。

4階《かい》にある空《あ》き教室《きょうしつ》の隅《すみ》に、元宮《もとみや》がいた。

「壊井《こわい》ウワサの名前《なまえ》を言《い》って正解《せいかい》だったよ」

彼《かれ》の前《まえ》には、黒《くろ》い渦《うず》が浮《う》かんでいる。

――災悪《さいあく》である。

**元宮《もとみや》はウワサの名前《なまえ》を言《い》ったせいで呪《のろ》われてしまったのだ。**

だが、元宮《もとみや》は平然《へいぜん》としていた。

「呪《のろ》われた少年《しょうねん》の名前《なまえ》を言《い》ったら、呪《のろ》われて苦《くる》しむって言《い》ってたけど、僕《ぼく》には何《なん》の被害《ひがい》もなさそうだね」


昨日《きのう》の夜《よる》。

元宮《もとみや》は家《いえ》でオンラインゲームをしていた。

そのゲーム内《ない》のチャットで、参加者《さんかしゃ》たちが呪《のろ》われた少年《しょうねん》の話《はなし》をしていた。

彼《かれ》らはチャットの中《なか》で、少年《しょうねん》の名前《なまえ》が『**壊井《こわい》ウワサ**』であると書《か》いていた。

みな呪《のろ》いなど信《しん》じていなかったが、誰《だれ》もその名前《なまえ》を口《くち》に出《だ》して言《い》おうとはしなかった。

そのやり取《と》りには参加《さんか》せず、チャットを見《み》ていただけの元宮《もとみや》も、他《ほか》の人《ひと》と同《おな》じようにそんな話《はなし》はあるわけがないと思《おも》いつつも、名前《なまえ》を言《い》うのをためらっていた。

そのとき、参加者《さんかしゃ》のひとりが、「**名前《なまえ》を言《い》った人《ひと》だけじゃなく、周《まわ》りの人《ひと》たちも呪《のろ》われる場合《ばあい》があるらしいよ**」とチャットに書《か》いた。

その文章《ぶんしょう》を見《み》て、元宮《もとみや》は強《つよ》く興味《きょうみ》を惹《ひ》かれた。

自分《じぶん》が何《なに》もしなくても、ムカつく相手《あいて》を苦《くる》しめることができるかもしれないのだ。

元宮《もとみや》は勇気《ゆうき》を出《だ》して、

「**壊井《こわい》ウワサ**」

と、声《こえ》を出《だ》して言《い》った。

瞬間《しゅんかん》、目《め》の前《まえ》に黒《くろ》い渦《うず》が現《あらわ》れた——。


現在《げんざい》。

元宮《もとみや》は昨日《きのう》の出来事《できごと》を思《おも》い出《だ》しながら、黒《くろ》い渦《うず》をじっと見《み》つめる。

「お前《まえ》が何《なん》なのか分《わ》からない。だけど、昨日《きのう》言《い》ったことは本当《ほんとう》なんだろうね？」

渦《うず》にそうたずねる。

すると、渦《うず》がゆっくりと回転《かいてん》した。

何《なに》かがうっすらと浮《う》かぶ。

それは、のっぺりとしたお面《めん》のような不気味《ぶきみ》な顔《かお》だ。


「憎《にく》キ者《もの》ノ……名前《なまえ》ヲ……言《い》エ……」


唸《うな》るような低《ひく》い声《こえ》が響《ひび》く。

昨日《きのう》、渦《うず》の中《なか》から浮《う》かび上《あ》がった顔《かお》が同《おな》じことを言《い》った。

**憎《にく》んでいる人物《じんぶつ》の名前《なまえ》を言《い》えば、その人物《じんぶつ》を呪《のろ》う**というのだ。

「誰《だれ》を呪《のろ》うかは、もう決《き》めてあるんだ」

元宮《もとみや》はニヤリと笑《わら》う。

渦《うず》を見《み》つめながら、元宮《もとみや》は呪《のろ》いたい相手《あいて》の名前《なまえ》を言《い》った。

「お願《ねが》いするよ。——**天野美知佳《あまのみちか》を呪《のろ》って**」

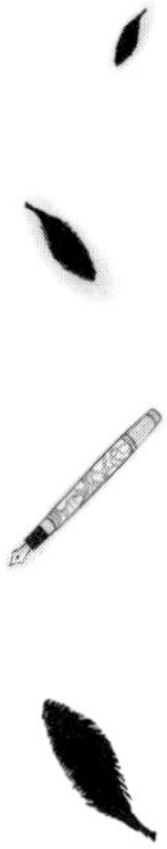

「じゃあまずはランニングから始《はじ》めるよ」

放課後《ほうかご》。

美知佳《みちか》は所属《しょぞく》しているバドミントン部《ぶ》の練習《れんしゅう》に参加《さんか》していた。

部長《ぶちょう》がみんなに指示《しじ》を出《だ》す。

今《いま》から学校周《がっこうまわ》りを一周《しゅう》するのだ。

「ねえ、今日《きょう》も勝負《しょうぶ》しようよ」

スタートラインに向《む》かいながら、同《おな》じ部《ぶ》に所属《しょぞく》しているしのぶが美知佳《みちか》に言《い》う。

「私《わたし》はゆっくり走《はし》りたいんだけど」

「それじゃあ練習《れんしゅう》にならないじゃん」

しのぶはなぜかいつも勝負《しょうぶ》を挑《いど》んでくる。

「ライバルがいたほうが燃《も》えるでしょ」

「どうして私《わたし》がその役目《やくめ》にならなきゃいけないの」

美知佳《みちか》は溜《た》め息《いき》を吐《つ》くが、いざスタートラインに立《た》つと、負《ま》けたくないという気持《きも》ちがふつふつと湧《わ》き上《あ》がってきた。

（今日《きょう》は、呪《のろ》われた少年《しょうねん》の話《はなし》ばかりしてたし、なんか怖《こわ》くてストレス溜《た》まっちゃったもんね）

言《い》い出《だ》したのは美知佳自身《みちかじしん》だが、やはり怖《こわ》い話《はなし》はあまり好《す》きではなかった。

**「よーい、スタート！」**

部長《ぶちょう》の合図《あいず》とともに、部員《ぶいん》たちが一斉《いっせい》に走《はし》り出《だ》す。

「よおし」

美知佳《みちか》はストレスを発散《はっさん》するかのように、一気《いっき》に前《まえ》に出《で》た。

「そうこなくっちゃ！」

しのぶも後《あと》に続《つづ》く。

2人《ふたり》は全力《ぜんりょく》で走《はし》り、他《ほか》の部員《ぶいん》たちとどんどん距離《きょり》が離《はな》れていった。

**（もっと速《はや》く！　もっともっと！）**

美知佳《みちか》はどんどんスピードを上《あ》げていく。

今日《きょう》は調子《ちょうし》がいい。

「負《ま》けないんだから！」

後《うし》ろでしのぶがそう言《い》うが、その距離《きょり》は徐々《じょじょ》に開《ひら》いていった。

道路《どうろ》の角《かど》を曲《ま》がり、さらに速《はや》く走《はし》る。

（このまま1位《い》でゴールできそう）

美知佳《みちか》はほほ笑《え》みながら、最後《さいご》の角《かど》を曲《ま》がった。


**「えっ？」**


前方《ぜんぽう》を見《み》て、美知佳《みちか》は急《きゅう》にスピードを緩《ゆる》めた。

道路《どうろ》の先《さき》に、何《なに》かが浮《う》いている。

黒《くろ》い円《えん》のような物体《ぶったい》――。

「何《なん》なの……？」

美知佳《みちか》は目《め》を凝《こ》らしながら、その物体《ぶったい》に近《ちか》づく。

次《つぎ》の瞬間《しゅんかん》、目《め》を大《おお》きく見開《みひら》くと、思《おも》わず立《た》ち止《ど》まった。

浮《う》かんでいたのは、黒《くろ》い渦《うず》だ。

渦《うず》の中《なか》に、うっすらとお面《めん》のような不気味《ぶきみ》な顔《かお》がある。

**オ前《まえ》ヲ　呪《のろ》ウゥウウゥ**

唸《うな》るような低《ひく》い声《こえ》が響《ひび》く。

同時《どうじ》に、渦《うず》が回転《かいてん》しながら、ゆっくりと美知佳《みちか》のほうに近《ちか》づいてくる。

**「い、嫌《いや》っ」**

何《なん》なのかは分《わ》からないが、普通《ふつう》ではない。

美知佳《みちか》はあわてて逃《に》げようと思《おも》うが、なぜか身体《からだ》が動《うご》かない。

「どうして⁇」

カカカカカカ
不気味《ぶきみ》な顔《かお》が笑《わら》う。

苦《くる》シメェ　苦《くる》シメェ
渦《うず》が美知佳《みちか》の目《め》の前《まえ》まで迫《せま》る。

「嫌《いや》……、**嫌《いや》ああああ！**」

美知佳《みちか》は恐怖《きょうふ》のあまり目《め》をつぶった。


「どうしたの、美知佳《みちか》ちゃん？」


ふいに声《こえ》がする。

目《め》を開《あ》けて、後《うし》ろを見《み》るとしのぶが立《た》っていた。

どうやら美知佳《みちか》に追《お》いついたようだ。

「転《ころ》んで怪我《けが》でもしたの？」

**「違《ちが》うの！　これが！」**

美知佳《みちか》は泣《な》きそうな声《こえ》で、前方《ぜんぽう》に顔《かお》を向《む》ける。

だが、そこには何《なに》もなかった。

「さっきまで渦《うず》があったのに」

「ええ？　何《なに》それ??」

美知佳《みちか》はしのぶにしがみつきながら辺《あた》りを見《み》る。

しかし、渦《うず》はまるで煙《けむり》のように消《き》えてしまっていた。

「そんな……」

部長《ぶちょう》や他《ほか》の部員《ぶいん》たちも追《お》いつき、美知佳《みちか》の周《まわ》りで立《た》ち止《ど》まる。

みな、しのぶと同《おな》じように心配《しんぱい》してくれるが、美知佳《みちか》はどう説明《せつめい》すればいいかまったく分《わ》からなかった。


**（あれは何《なん》だったの？）**

夕方《ゆうがた》。

部活《ぶかつ》が終《お》わった美知佳《みちか》は、ひとり家《いえ》へと帰《かえ》っていた。
ランニング中《ちゅう》に見《み》た顔《かお》のある渦《うず》は、結局《けっきょく》何《なん》なのか分《わ》からなかった。
(あれは幻《まぼろし》なんかじゃない)
美知佳《みちか》はそう思《おも》う。
渦《うず》の中《なか》にある顔《かお》は、美知佳《みちか》に向《む》かって喋《しゃべ》ってきた。
(あのまま襲《おそ》われていたらどうなってたんだろう)
想像《そうぞう》するだけで、ゾッとする。
そのとき、美知佳《みちか》はふいに立《た》ち止《ど》まった。
**(もしかして、呪《のろ》われた少年《しょうねん》の話《はなし》をしちゃったから?)**
それで呪《のろ》われてしまったのだろうか?
しかし、すぐに首《くび》を大《おお》きく横《よこ》に振《ふ》った。
**(そんなはずない。私《わたし》、名前《なまえ》言《い》ってないもん)**
名前《なまえ》を言《い》わなければ呪《のろ》われることはないはずだ。
だったらどうして?
「早《はや》く帰《かえ》ろう」

美知佳《みちか》はますます怖《こわ》く思《おも》い、家《いえ》へと急《いそ》ごうとした。

**「天野《あまの》さん！」**


突然《とつぜん》、大《おお》きな声《こえ》がした。

見《み》ると、少《すこ》し離《はな》れた場所《ばしょ》に元宮《もとみや》が立《た》っている。

「まだ帰《かえ》っちゃだめだよ」

「えっ？」

「だって、それじゃあ君《きみ》が苦《くる》しんでいるところを見《み》れないじゃないか」

「どういうこと??」

美知佳《みちか》が戸惑《とまど》っていると、元宮《もとみや》はニヤリと笑《わら》った。

「ほんとは、さっきランニングしているときに苦《くる》しませようと思《おも》ったんだ。だけど、牧村《まきむら》さんが来《き》ただろう。だからいったん襲《おそ》わせるのをやめることにしたんだ」

「何《なに》を言《い》ってるの？」

美知佳《みちか》は元宮《もとみや》の言《い》っていることが理解《りかい》できなかった。

すると、元宮《もとみや》はフフッと鼻《はな》で笑《わら》った。

「何《なに》って、こいつのことだよ」

指《ゆび》をパチンと鳴《な》らす。

瞬間《しゅんかん》、元宮《もとみや》の背後《はいご》に黒《くろ》い霧《きり》が現《あらわ》れた。

霧《きり》は回転《かいてん》し、だんだん黒《くろ》い渦《うず》になっていく。

「**ああ！**」

先《さき》ほどの渦《うず》だ。

渦《うず》の中《なか》にうっすらとお面《めん》のような不気味《ぶきみ》な顔《かお》が現《あらわ》れた。

「こいつは呪《のろ》われた少年《しょうねん》の名前《なまえ》を言《い》った人間《にんげん》の前《まえ》に現《あらわ》れるんだって」

「名前《なまえ》を？　私《わたし》そんなの言《い》ってない」

「あ〜、言《い》ったのは僕《ぼく》だからね。呪《のろ》われることが分《わ》かってて言《い》ったんだ」

「そんな、どうして？」

驚《おどろ》く美知佳《みちか》に、元宮《もとみや》は鋭《するど》い視線《しせん》を向《む》けた。

「決《き》まってるだろう。君《きみ》たちみたいなムカつく奴《やつ》らを苦《くる》しめるためだ！」

元宮《もとみや》は怒鳴《どな》るようにそう言《い》う。

それに反応《はんのう》して、渦《うず》がゆっくりと動《うご》くと、美知佳《みちか》に近《ちか》づいてきた。

**「嫌《いや》っ！」**

美知佳《みちか》はあわててその場《ば》から逃《に》げようとする。

だがそれよりも早《はや》く、災悪《さいあく》が唸《うな》るような低《ひく》い声《こえ》を出《だ》した。

オ前《まえ》ヲ　呪《のろ》ウゥウウゥ

「あ、ああ」

瞬間《しゅんかん》、美知佳《みちか》は動《うご》けなくなってしまう。

ランニングのときと同《おな》じだ。

カカカカカカ
不気味《ぶきみ》な顔《かお》が笑《わら》う。

「いいぞ、さあやれ」

元宮《もとみや》は不気味《ぶきみ》な笑《え》みを浮《う》かべた。

「天野《あまの》さん、君《きみ》を苦《くる》しめたあとは、隣《となり》のクラスの岡添《おかぞえ》を苦《くる》しめる。そのあとは、塾《じゅく》の下村《しもむら》に高瀬《たかせ》、そうだ、数学《すうがく》の野木《のぎ》先生《せんせい》も苦《くる》しませなきゃ」

元宮《もとみや》は美知佳《みちか》を見《み》ながらそう言《い》う。

美知佳《みちか》以外《いがい》にもムカついている人間《にんげん》が大勢《おおぜい》いるようだ。

「**わ、私《わたし》、何《なに》もしてない……**」

美知佳《みちか》は動《うご》けないまま、目《め》だけを元宮《もとみや》のほうへ向《む》ける。

元宮《もとみや》とはほとんど喋《しゃべ》ったことがない。

ムカつかれる理由《りゆう》など何《なに》もないのだ。

すると、元宮《もとみや》はフンと鼻《はな》を鳴《な》らした。

「お前《まえ》はこの前《まえ》、僕《ぼく》がクラスメイトの悪口《わるくち》を言《い》っていたら、冷《つめ》たい目《め》で見《み》ながら通《とお》りすぎただろ。あの目《め》、すごくムカついた。絶対僕《ぜったいぼく》のことをバカにしてると思《おも》った。だから、お前《まえ》を呪《のろ》ってやるんだ！」

「そんなの……」

まったく覚《おぼ》えていない。

あまりの理不尽《りふじん》さに美知佳《みちか》は涙目《なみだめ》になる。

そんな美知佳《みちか》の目《め》の前《まえ》に、黒《くろ》い渦《うず》がやってきた。

苦《くる》シメェ　苦《くる》シメェ

お面《めん》のような不気味《ぶきみ》な顔《かお》が口《くち》を大《おお》きく開《あ》ける。

口《くち》の中《なか》も渦《うず》になっている。

その口《くち》の中《なか》の渦《うず》が、美知佳《みちか》の腕《うで》をゆっくりと呑《の》み込《こ》んでいく。

**「あ、あぁ、あぁ!!」**

呑《の》み込《こ》まれた腕《うで》に激痛《げきつう》が走《はし》る。

「いいぞ！　いいぞ！」

元宮《もとみや》が笑《わら》う。

**「い、嫌《いや》、あああ！」**

美知佳《みち か》の身体《からだ》がさらに渦《うず》に呑《の》み込《こ》まれていく。

「た、助《たす》けて……、誰《だれ》か……助《たす》けて……」

美知佳《みちか》は必死《ひっし》に助《たす》けを呼《よ》ぶが、全身《ぜんしん》が痛《いた》み、まともに声《こえ》を出《だ》せない。

「残念《ざんねん》だったね。僕《ぼく》をバカにした罰《ばつ》だ！」

元宮《もとみや》がさらに笑《わら》う。

「あ、あああ……」

美知佳《みちか》は身体《からだ》のもう半分《はんぶん》も、渦《うず》に呑《の》み込《こ》まれていく。

そのとき、誰《だれ》かが駆《か》け寄《よ》ってきた。

ウワサだ――。

**「しっかりするんだ！」**
ウワサは、まだ渦《うず》に呑《の》み込《こ》まれていない美知佳《みちか》の腕《うで》を引《ひ》っ張《ぱ》った。
「なんだお前《まえ》は⁉」
戸惑《とまど》う元宮《もとみや》をよそに、渦《うず》の中《なか》の不気味《ぶきみ》な顔《かお》が、わずかに目《め》を大《おお》きくした。

壊井《こわい》ウワサァァ

**「何《なん》だって⁉」**

元宮《もとみや》は焦《あせ》った表情《ひょうじょう》でウワサを見《み》る。

ウワサは美知佳《みちか》の腕《うで》を必死《ひっし》に引《ひ》っ張《ぱ》り続《つづ》ける。

**「僕《ぼく》のせいで、これ以上《いじょう》災悪《さいあく》に襲《おそ》われる人《ひと》は見《み》たくないんだ！」**

次《つぎ》の瞬間《しゅんかん》、美知佳《みちか》の身体《からだ》が渦《うず》の中《なか》から勢《いきお》いよく飛《と》び出《だ》した。

「きゃあ！」

そのまま、美知佳《みちか》は地面《じめん》に倒《たお》れる。

ウワサもバランスを崩《くず》し、膝《ひざ》をついた。

「本物《ほんもの》の壊井《こわい》ウワサなのか？　おい、あいつも呪《のろ》ってしまえ！」

元宮《もとみや》は災悪《さいあく》に向《む》かって叫《さけ》ぶが、そんな彼《かれ》をウワサは睨《にら》みつけた。

「君《きみ》は勘違《かんちが》いをしている。災悪《さいあく》を利用《りよう》しようとしているけど、そんなことは絶対《ぜったい》にできないんだ」

「何《なん》だって？」

元宮《もとみや》は怪訝《けげん》な顔《かお》をしながらも、すぐに「ふん」とあざ笑《わら》った。

「僕《ぼく》は実際《じっさい》にこうやってこいつを思《おも》い通《どお》りに動《うご》かしてるんだ。それが分《わ》からないの？」

その言葉《ことば》に、ウワサは険《けわ》しい表情《ひょうじょう》で首《くび》を何度《なんど》も横《よこ》に振《ふ》った。

「分《わ》かってないのは君《きみ》のほうだ。**こいつは君《きみ》を利用《りよう》するだけ利用《りよう》して、最後《さいご》には君《きみ》も襲《おそ》うつもりなんだ！**」

ウワサは立《た》ち上《あ》がると、元宮《もとみや》のそばへと走《はし》った。

「く、来《く》るな！」

元宮《もとみや》はウワサに摑《つか》まれ、困惑《こんわく》する。

「早《はや》くしないと君《きみ》も襲《おそ》われる！」

「うるさい！」

ウワサと揉《も》み合《あ》いになりながら、元宮《もとみや》はその場《ば》に倒《たお》れる。

そこへ、渦《うず》がやってきた。

「早《はや》くこいつを呪《のろ》って！」

元宮《もとみや》はウワサを指《ゆび》さしながら渦《うず》に言《い》う。

だが、渦《うず》は元宮《もとみや》の横《よこ》に浮《う》いたまま、まったく動《うご》かない。

「どうした!?　早《はや》く渦《うず》の中《なか》に呑《の》み込《こ》むんだ！」
元宮《もとみや》は渦《うず》の中《なか》にうっすらと浮《う》かぶお面《めん》のような不気味《ぶきみ》な顔《かお》を見《み》た。

**鬱陶《うっとう》シイ……**

刹那《せつな》、元宮《もとみや》の前《まえ》に新《あたら》しい黒《くろ》い渦《うず》が現《あらわ》れる。
その渦《うず》にも、うっすらとお面《めん》のような不気味《ぶきみ》な顔《かお》がある。
その顔《かお》の口《くち》が開《ひら》き、元宮《もとみや》に襲《おそ》いかかってきた。

**「うわあっ!!」**

元宮《もとみや》は開《ひら》いた口《くち》の中《なか》にある渦《うず》に、左手《ひだりて》を呑《の》み込《こ》まれてしまう。
「どうして??」

**オ前《まえ》ハ　モウ邪魔《じゃま》ダァ！**

**「そんな！」**

気《き》づくと、周《まわ》りに無数《むすう》の黒《くろ》い渦《うず》が浮《う》かんでいる。

そのすべてに、うっすらとお面《めん》のような不気味《ぶきみ》な顔《かお》があった。

苦《くる》シメェ
次《つぎ》の瞬間《しゅんかん》、無数《むすう》の渦《うず》が、元宮《もとみや》と美知佳《みちか》、そしてウワサに襲《おそ》いかかった。

**「ひい！　ひいい！」**

元宮《もとみや》は渦《うず》を払《はら》いのけようとするが、右手《みぎて》も渦《うず》に呑《の》み込《こ》まれ、足《あし》も呑《の》み込《こ》まれてしまう。

「うわ！　嫌《いや》だあ！」

呑《の》み込《こ》まれた手足《てあし》に激痛《げきつう》が走《はし》る。

**「助《たす》けて!!」**

美知佳《みちか》は必死《ひっし》に逃《に》げようとする。

だが、足《あし》を渦《うず》に呑《の》み込《こ》まれてしまった。

「くっ！」

一方《いっぽう》、ウワサは必死《ひっし》に渦《うず》から逃《に》げながら、銀色《ぎんいろ》のペンを強《つよ》く握《にぎ》り締《し》めた。

ペンの表面《ひょうめん》に見《み》たことのない奇妙《きみょう》な模様《もよう》が浮《う》かび上《あ》がる。

襲《おそ》いかかってくる渦《うず》をよけながら、ウワサはペンを走《はし》らせた。

宙《ちゅう》に青白《あおじろ》い炎《ほのお》が現《あらわ》れ、円《えん》が描《えが》かれた。

だが、それを見《み》て、無数《むすう》の渦《うず》に浮《う》かぶお面《めん》のような不気味《ぶきみ》な顔《かお》が同時《どうじ》に叫《さけ》んだ。

名前《なまえ》ナド　見《み》セルモノカァァア！

無数《むすう》の渦《うず》がウワサに襲《おそ》いかかってくる。

ウワサは円《えん》を動《うご》かし、円《えん》ごしに渦《うず》を見《み》る。

だが、渦《うず》はいくつもあり、どれを見《み》ても名前《なまえ》は視《み》えない。

「どれを見《み》ればいいんだ⁇」

その瞬間《しゅんかん》、不気味《ぶきみ》な顔《かお》の開《ひら》いた口《くち》が、一斉《いっせい》にウワサに食《く》らいついた。

**「うわっ！」**

身体中《からだじゅう》が渦《うず》に呑《の》み込《こ》まれていく。

左手《ひだりて》に、両足《りょうあし》に、身体《からだ》に激痛《げきつう》が走《はし》る。

**「があああ！　ああああああ！」**

ペンを持《も》った右手《みぎて》はまだ無事《ぶじ》だが、激痛《げきつう》でペンを落《お》としそうになる。

しかし、その目《め》は渦《うず》をしっかりと睨《にら》んでいた。

**「ぜ、絶対《ぜったい》に倒《たお》す……。そのために、——僕《ぼく》はここに来《き》たんだ!!」**

鬱陶《うっとう》シイ！　苦《くる》シメェエエエェ〜!!

不気味《ぶきみ》な顔《かお》の開《ひら》いた口《くち》が、ウワサのペンを持《も》った右手《みぎて》に食《く》らいついた。

渦《うず》の中《なか》に腕《うで》が呑《の》み込《こ》まれる。

**「あ、ああああ!!」**

激痛《げきつう》が走《はし》り、気《き》を失《うしな》いそうになる。

それでも、ウワサは円《えん》ごしに渦《うず》を見続《みつづ》けた。

刹那《せつな》、ウワサの目《め》が光《ひか》った。

円《えん》の中《なか》に、奥《おく》のほうに浮《う》かぶ渦《うず》が見《み》えている。

その渦《うず》だけ、名前《なまえ》が視《み》えたのだ。

ウワサは全身《ぜんしん》に力《ちから》を入《い》れ、声《こえ》をあげた。

**「すべての災悪《さいあく》を、この光《ひかり》によって打《う》ち消《け》さん！　お前《まえ》の名《な》は――」**

ウワサは右手《みぎて》を渦《うず》の中《なか》で動《うご》かし、ペンで文字《もじ》を書《か》いた。

**クロウズサマ**

黒渦様《くろうずさま》の動《うご》きが止《と》まった。
渦《うず》が小刻《こきざ》みに動《うご》き、崩《くず》れていく。

ソンナ！　モ、モット人間《にんげん》ヲ……、襲《おそ》イタカッタノニィイイ!!

すべての渦《うず》にヒビが入《はい》り、光《ひかり》が漏《も》れ出《だ》す。

そのまま、無数《むすう》の渦《うず》が粉々《こなごな》になって消滅《しょうめつ》した。


「あ、あああ」

元宮《もとみや》は崩《くず》れるように倒《たお》れる。

気絶《きぜつ》してしまったようだ。

美知佳《みちか》は荒《あら》く呼吸《こきゅう》をしながら、膝《ひざ》をつき、そんな元宮《もとみや》を見《み》つめた。

そこへ、ボロボロになったウワサがやってきた。

「彼《かれ》は負《ふ》の感情《かんじょう》を持《も》っていた。災悪《さいあく》がそれを利用《りよう》したんだ」

ウワサは苦々《にがにが》しい表情《ひょうじょう》で言《い》う。

「人《ひと》の心《こころ》につけいるなんて許《ゆる》せない。だけど、**すべては僕《ぼく》のせいなんだ……**」

「僕《ぼく》のせい？」

それを聞《き》き、美知佳《みちか》はハッとする。

「**呪《のろ》われた少年《しょうねん》……**」

やはり、ウワサがその本人《ほんにん》だったのだ。

「あ、あの」

美知佳《みちか》はウワサに声《こえ》をかけようとする。

だが、それよりもウワサが先《さき》に口《くち》を開《ひら》いた。

「**僕《ぼく》のことは忘《わす》れるんだ。二度《にど》と僕《ぼく》の名前《なまえ》を言《い》っちゃいけない**」

その言葉《ことば》に、美知佳《みちか》は動揺《どうよう》しながらもうなずく。

ウワサはそれを見届《みとど》けると、痛《いた》む身体《からだ》を押《お》さえながら、去《さ》って行《い》くのだった。

# ケース5

# 奇《き》妙《みょう》なツボ

（ずいぶん遠《とお》くまで来《き》てしまったな……）

夕暮《ゆうぐ》れ時《どき》。

マコトは海岸沿《かいがんぞ》いの道路《どうろ》を歩《ある》いていた。

海《うみ》が広《ひろ》がり、何隻《なんせき》もの船《ふね》が見《み》える。

近《ちか》くに港《みなと》があるようだ。

心地《ここち》よい潮風《しおかぜ》が吹《ふ》き、海岸線《かいがんせん》の道路《どうろ》にはジョギングをしたり、犬《いぬ》の散歩《さんぽ》をしたりしている人《ひと》たちの姿《すがた》があった。

（いつになったら捕《つか》まえられるんだ）

ウワサを追《お》い続《つづ》けて、すでにかなりの時間《じかん》が経《た》っていた。

今《いま》まで何度《なんど》かその姿《すがた》を見《み》つけることはできたものの、そのたびに逃《に》げられてしまっている。

逃《に》げられるたびに、怒《いか》りがこみあげてくる。

**（あいつのせいで、みんなは……）**

呪《のろ》われた少年《しょうねん》。

その呪《のろ》いのせいで、みんなが不幸《ふこう》になってしまったのだ。

**（あいつだけは許《ゆる》さない）**

マコトはそう思《おも》いながら、拳《こぶし》を固《かた》く握《にぎ》り締《し》めた。

そのとき、目《め》の前《まえ》のバス停《てい》にバスが止《と》まった。

中《なか》から、中学生《ちゅうがくせい》ぐらいの男《おとこ》の子《こ》が２人《ふたり》降《お》りてきた。

「も〜、何言《なにい》ってるんだよ〜、圭《けい》ちゃんってほんと面白《おもしろ》いよねえ」

「そういう隆《りゅう》ちゃんだって面白《おもしろ》いよ。ちょっとドジだし」

「ドジはよけいだろ〜」

２人《ふたり》は笑《わら》いながら、マコトの前《まえ》を通《とお》り過《す》ぎる。

その楽《たの》しげな様子《ようす》を見《み》ているうちに、マコトはいつの間《ま》にか握《にぎ》り締《し》めた拳《こぶし》が緩《ゆる》んでいた。

そして、昔《むかし》の出来事《できごと》を思《おも》い出《だ》した。

×　　×　　×

「ねえ、マコトくん」

ひとりの男《おとこ》の子《こ》がバスを降《お》りながら、後《うし》ろにいるマコトに声《こえ》をかけた。

バス停《てい》の前《まえ》には、緑《みどり》の木々《きぎ》で覆《おお》われた山《やま》が広《ひろ》がっている。

男《おとこ》の子《こ》とマコトはバスから降《お》りると頭《あたま》の上《うえ》で手《て》を伸《の》ばし、身体《からだ》をほぐした。

「映画《えいが》、楽《たの》しかったね」

男《おとこ》の子《こ》は嬉《うれ》しそうに言《い》う。

ウワサだ。

だが、その髪《かみ》は黒《くろ》い。

左目《ひだりめ》も赤《あか》くはない。

首元《くびもと》にチョーカーもなく、奇妙《きみょう》な模様《もよう》も刻《きざ》まれていなかった。

ウワサは、赤《あか》いチェックのシャツを着《き》て、デニムパンツをはいている。

「マコトくん、また一緒《いっしょ》に行《い》こうね」

ほほ笑《え》むウワサに、マコトは「うん」と笑顔《えがお》で答《こた》えた。

2人《ふたり》は、バスと電車《でんしゃ》を使《つか》って、近《ちか》くの大《おお》きな町《まち》まで行《い》き、映画《えいが》を観《み》てきたのだ。

「だけど、まさか服装《ふくそう》がかぶるなんて」

マコトは苦笑《にがわら》いを浮《う》かべる。

マコトも、同《おな》じような赤《あか》いチェックのシャツを着《き》てデニムパンツをはいていたのだ。

「ショッピングモールの店員《てんいん》さんに、兄弟《きょうだい》ですかって言《い》われちゃったもんね」

ウワサの言葉《ことば》に、マコトはうなずく。

「あれはさすがにちょっと恥《は》ずかしかったよ」

マコトはまた苦笑《にがわら》いを浮《う》かべた。

だが、ウワサは首《くび》を小《ちい》さく横《よこ》に振《ふ》った。

「僕《ぼく》は嬉《うれ》しかったよ」

2人《ふたり》の前《まえ》には、小《ちい》さな店《みせ》があり、その店《みせ》の窓《まど》に2人《ふたり》の姿《すがた》が映《うつ》っていた。

同《おな》じような背丈《せたけ》で、どことなく髪型《かみがた》や顔立《かおだ》ちも似《に》ている。

**「僕《ぼく》たちほんとの兄弟《きょうだい》だったらよかったのにね」**

ウワサが屈託《くったく》なく笑《わら》う。

「兄弟《きょうだい》かあ」

マコトも、鏡《かがみ》に映《うつ》った自分《じぶん》たちの姿《すがた》を見《み》てほほ笑《え》む。

「そうだね。兄弟《きょうだい》だったらよかったね。けど、**兄弟《きょうだい》じゃなくても、僕《ぼく》たちはずっと一緒《いっしょ》だよ**」

マコトは少《すこ》し照《て》れながら、ウワサにそう言《い》うのだった。

×　　　×　　　×

「ジュンくん……」

マコトはそれを思《おも》い出《だ》し、優《やさ》しい表情《ひょうじょう》で呟《つぶや》く。

だがすぐに眉間《みけん》に皺《しわ》が寄《よ》った。

「だけど今《いま》は……」

許《ゆる》すことも、友達《ともだち》だったことも、認《みと》めるわけにはいかない。

マコトは険《けわ》しい表情《ひょうじょう》に戻《もど》ると、歩《ある》き出《だ》そうとした。


**「えっ？」**

ふいに、前方《ぜんぽう》に見《み》える横断歩道《おうだんほどう》が目《め》に留《と》まった。

そこには、ひとりの少年《しょうねん》が信号《しんごう》の変《か》わるのを待《ま》っている。

「あれは……」

ウワサだ——。

「ここにいたのか！」

マコトはあわてて駆《か》け出《だ》した。

信号《しんごう》が青《あお》に変《か》わり、ウワサは商店街《しょうてんがい》へと歩《ある》いて行《い》く。

「待《ま》て！」

マコトは懸命《けんめい》に走《はし》り、商店街《しょうてんがい》までやって来《く》る。

だが人《ひと》が多《おお》く、どこにウワサがいるのか分《わ》からない。

「くっ、どこだ！　どこにいるんだ!!」

マコトは人々《ひとびと》をかき分《わ》けながら、必死《ひっし》にウワサを探《さが》すのだった。

「ふふっ、危《あぶ》なかったねえ」

商店街《しょうてんがい》の路地《ろじ》。

ミリアはピョンピョンと跳《は》ねながら、前《まえ》を歩《ある》くウワサに言《い》った。

「危《あぶ》なかった？」

ウワサはマコトが近《ちか》くにいたことに気《き》づいていないようだ。

そんなウワサを見《み》て、ミリアはまた「ふふっ」と笑《わら》った。

「まあ、こっちの話《はなし》だよ。それより、そろそろ近《ちか》いんじゃないかな？」

ミリアの言葉《ことば》を聞《き》き、ウワサは自分《じぶん》の手《て》の平《ひら》を見《み》る。

手《て》の平《ひら》の上《うえ》には、銀色《ぎんいろ》のペンが浮《う》いている。

そのペン先《さき》は、路地《ろじ》の奥《おく》を指《さ》し示《しめ》していた。

「あそこだ」

路地《ろじ》の奥《おく》には、小《ちい》さなアンティークショップがある。

災悪《さいあく》はその店《みせ》の中《なか》にいるようだ。

「まあ、気合《きあ》いが入《はい》るのはいいけど、怪我《けが》とかしないようにね」

「分《わ》かってる」

ウワサはペンを握《にぎ》り締《し》め、いつでも円《えん》を描《えが》けるように身構《みがま》えた。

**「どんな災悪《さいあく》でも、僕《ぼく》は必《かなら》ず――」**

そう言《い》いながら、ドアを開《あ》けようと手《て》を伸《の》ばした。

**カラーン　カラーン**
その瞬間《しゅんかん》、中《なか》からドアが開《ひら》き、取《と》り付《つ》けられている鐘《かね》が鳴《な》った。

「おっと、ごめんね」

スーツ姿《すがた》の40歳《さい》ぐらいの男《おとこ》の人《ひと》が紙袋《かみぶくろ》を持《も》って出《で》て来《く》る。

「すみません」

ウワサは道《みち》を譲《ゆず》りながら、中《なか》へと入《はい》った。


店内《てんない》には置《お》き物《もの》や掛《か》け時計《どけい》、コップやお皿《さら》など様々《さまざま》な物《もの》が並《なら》べられていた。

どれも古《ふる》そうなものばかりだ。

「い～い雰囲気《ふんいき》の店《みせ》だねえ」

「そんなこと言《い》ってる場合《ばあい》じゃないよ」

ウワサはのん気《き》なミリアに苛立《いらだ》ちながらも、店内《てんない》を睨《にら》むように見回《みまわ》す。

だがどこにも災悪《さいあく》の姿《すがた》はない。

すると、店《みせ》の奥《おく》にあるレジのほうから、店主《てんしゅ》のおじいさんの声《こえ》がした。

「いやあ、あれは何《なん》だったんだろうねえ」

おじいさんは、常連客《じょうれんきゃく》らしい女《おんな》の人《ひと》と話《はなし》をしている。

「あら、あのツボがどうかしたんですか？」

「ああ、あれはいつ仕入《しい》れたのか、まったく覚《おぼ》えていないんだよねえ」

「それって」

ウワサは何《なに》かを思《おも》い、あわてておじいさんたちのほうへと駆《か》け寄《よ》った。

「どのツボですか？」

「え、**蛇《へび》がとぐろを巻《ま》いたようなツボ**だよ。**アステカ文明《ぶんめい》**のものらしいけどねえ」

アステカ文明《ぶんめい》とは、15世紀《せいき》のメキシコで栄《さか》えた文明《ぶんめい》である。

ウワサは店内《てんない》を見《み》るが、どこにもない。

おじいさんはそんなウワサに戸惑《とまど》いながらも、入《い》り口《ぐち》のドアのほうを見《み》た。

「ツボなら、さっきお客《きゃく》さんが買《か》って行《い》ったよ。その人《ひと》がツボがアステカ文明《ぶんめい》のものだと教《おし》えてくれたんだよ」

「そんな」

ウワサはペンを手《て》の平《ひら》に置《お》く。

「何《なに》やってるの？」

ミリアが不思議《ふしぎ》そうな顔《かお》をして近寄《ちかよ》る。

「仕入《しい》れた覚《おぼ》えのないツボって、もしかして」

そう言《い》いながら、ウワサは宙《ちゅう》に浮《う》いたペンに目《め》をやる。

**ペンはクルクル回《まわ》りながら、ある方向《ほうこう》を指《さ》し示《しめ》す。**

**それは、ドアのほうだ。**

「やっぱり！」

「なるほど〜」

ミリアもドアのほうを見《み》た。

**「誰《だれ》かが災悪《さいあく》を持《も》って行《い》っちゃったんだね」**

そのツボこそが、災悪《さいあく》の可能性《かのうせい》が高《たか》いのだ。

「残念《ざんねん》だったねえ。今日《きょう》はもう諦《あきら》めたほうがいいかも」

ミリアが言《い》う。

商店街《しょうてんがい》は人《ひと》も多《おお》い。銀色《ぎんいろ》のペンがあったとしても、探《さが》すのは困難《こんなん》だろう。

だが、ウワサは首《くび》を大《おお》きく横《よこ》に振《ふ》った。

**「今《いま》すぐ探《さが》さなきゃ！」**

どんな災悪《さいあく》かは分《わ》からないが、すでに人《ひと》が襲《おそ》われているかもしれないのだ。

「そんなに急《いそ》がなくてもいいじゃない」

ミリアはケラケラ笑《わら》いながら言《い》う。

ウワサがそんなミリアを険《けわ》しい顔《かお》で睨《にら》んだ。


**「ふざけるな！　人《ひと》の命《いのち》を何《なん》だと思《おも》ってるんだ！」**


店中《みせじゅう》に響《ひび》く大《おお》きな声《こえ》に、ミリアは思《おも》わず驚《おどろ》く。

おじいさんや女性《じょせい》の客《きゃく》も目《め》をパチクリさせている。

「そのツボを買《か》ったお客《きゃく》さんはどんな人《ひと》ですか??」

ウワサはおじいさんに詰《つ》め寄《よ》りたずねる。

「ええっとそれは」

「早《はや》く教《おし》えて下《くだ》さい！」

「あ、ああ、ツボを買《か》って行《い》ったのは、君《きみ》がさっきドアのところですれ違《ちが》った人《ひと》だよ」

「えっ」

紙袋《かみぶくろ》を持《も》ったスーツを着《き》た男《おとこ》の人《ひと》だ。

それならば、まだ近《ちか》くにいるかもしれない。

「急《いそ》いで見《み》つけないと！」

ウワサはあわてて店《みせ》の外《そと》へと飛《と》び出《だ》した。

一方《いっぽう》、ミリアは鼻《はな》から息《いき》を漏《も》らしていた。

「別《べつ》に怒《おこ》らなくてもいいのに」

そう言《い》いながら、ふと、誰《だれ》に言《い》うでもなく呟《つぶや》く。


**「……人《ひと》の命《いのち》を何《なん》だと思《おも》ってる、かあ……」**


ミリアは遠《とお》くを眺《なが》める。

その表情《ひょうじょう》は、どこか悲《かな》しそうだ。

「まったく……」

ミリアは、ドアのほうへと歩《ある》いて行《い》くのだった。


「ただいま～」

マンションの7階《かい》。

小学校《しょうがっこう》の教師《きょうし》をしている塩村康介《しおむらこうすけ》は、部屋《へや》のリビングにやってきた。

「今日《きょう》も疲《つか》れたよ～」

と言《い》いながら、ソファーのテーブルに紙袋《かみぶくろ》を置《お》く。

「お父《とう》さん、それなに？」

ふと、ソファーに座《すわ》っていた小学《しょうがく》5年生《ねんせい》の息子《むすこ》・太一《たいち》が興味《きょうみ》を持《も》った。

「あ～、商店街《しょうてんがい》にアンティークショップがあるだろう。そこで買《か》ってきたんだよ」

そこへ、妻《つま》の明菜《あきな》がやって来《く》る。

「あなた、アンティークなんかに興味《きょうみ》あったの？」

「いやあ、呼《よ》ばれたような気《き》がしてね」

「呼《よ》ばれた？　お父《とう》さんどういうこと？」

太一《たいち》がたずねると、康介《こうすけ》は「う〜ん」と唸《うな》った。


「なんか、**『こっちに来《き》て』**って声《こえ》が聞《き》こえたような気《き》がしたんだ」


「ええ??」

康介《こうすけ》はアンティークショップに初《はじ》めて入《はい》った。

どこに何《なに》が置《お》いてあるかなどまるで分《わ》からなかったが、自然《しぜん》と足《あし》が隅《すみ》の棚《たな》のほうに向《む》かったのだという。


「そこにこれが置《お》いてあったんだ」

康介《こうすけ》は紙袋《かみぶくろ》の中《なか》から、購入《こうにゅう》したものを取《と》り出《だ》し、２人《ふたり》に見《み》せた。


**それは、蛇《へび》がとぐろを巻《ま》いたような形《かたち》をしている奇妙《きみょう》なツボだ。**

フタの部分《ぶぶん》が蛇《へび》の頭《あたま》になっていて、ツボの部《ぶ》分《ぶん》がとぐろを巻《ま》いた身体《からだ》になっている。

「**なんか、不気味《ぶきみ》だね**」

「あなた、どうしてこんなの買《か》っちゃったの？」

「だから、呼《よ》ばれたような気《き》がしたから。アステカ文明《ぶんめい》のものなんだよ」

「えっ、お父《とう》さん、そんなことどうして分《わ》かるの？」

「それはええっと、う～ん、なんかそんな気《き》がして」

あいまいな説明《せつめい》をする康介《こうすけ》に、太一《たいち》たちは呆《あき》れる。

「あ、安《やす》かったんだよ。たったの千円《えん》。それ以《い》上《じょう》の価値《かち》はありそうだろう？」

「こんなツボ、何《なに》に使《つか》うの？　花瓶《かびん》にもならな

いわよ」

「それはそうだけど。太一《たいち》、お前《まえ》の部屋《へや》に飾《かざ》っておくのはどうだい?」

「嫌《いや》だよ、なんか怖《こわ》いし」

蛇《へび》がとぐろを巻《ま》いたツボなど、寝起《ねお》きするたびに見《み》たくはない。

「しょうがないなあ。**じゃあリビングに飾《かざ》るということで**」

**「ええええ??」**

嫌《いや》がる2人《ふたり》をよそに、康介《こうすけ》は部屋《へや》の隅《すみ》にツボを置《お》いた。

「そうそう、怖《こわ》いと言《い》えば、今日生徒《きょうせいと》たちが急《きゅう》に騒《さわ》ぎ出《だ》してね」

康介《こうすけ》は、スーツから部屋着《へやぎ》に着替《きが》えながら、学校《がっこう》で起《お》きたことを2人《ふたり》に話《はな》した。

今日《きょう》の昼休《ひるやす》み。康介《こうすけ》の担当《たんとう》するクラスで、生徒《せいと》のひとりが『**呪《のろ》われた少年《しょうねん》**』の話《はなし》をしたのだ。

生徒《せいと》たちは面白《おもしろ》がるものもいれば、怖《こわ》がるものもいたという。

だがそのなかの何人《なんにん》かが本気《ほんき》で怖《こわ》がってしまい、泣《な》き出《だ》してしまったらしい。

「**その少年《しょうねん》の名前《なまえ》を言《い》ったら、呪《のろ》われてしまう**らしいからね」

「なあにそれ? 私《わたし》そういう話苦手《はなしにがて》かも」

「僕《ぼく》も。お父《とう》さんはそういうの平気《へいき》だよね?」

太一《たいち》の言葉《ことば》に、康介《こうすけ》は大《おお》きくうなずいた。

「そんな話《はなし》、ほんとにあるとは思《おも》えないからね。**だから泣《な》いてる生徒《せいと》を落《お》ち着《つ》かせるために、呪《のろ》われた少年《しょうねん》の名前《なまえ》を言《い》ってみたんだ**」

「えええ、言《い》っちゃったの？」

「あなた、何考《なんかんが》えてるのよ!?」

太一《たいち》と明菜《あきな》は同時《どうじ》に驚《おどろ》く。

だが、康介《こうすけ》は「はっはっは」と笑《わら》った。

「だからそんな話《はなし》はただの作《つく》り話《ばなし》だって。**壊井《こわい》ウワサ**って言《い》ったからって呪《のろ》われるわけないだろう」

「ちょっと、あなた！」

「平気平気《へいきへいき》。名前《なまえ》を言《い》っても何《なに》も起《お》こらなかったからね。生徒《せいと》たちもみんな、それを知《し》って安心《あんしん》してくれたよ」

康介《こうすけ》は呪《のろ》われた少年《しょうねん》の名前《なまえ》を言《い》うことにより、生徒《せいと》たちにその話《はなし》が作《つく》り話《ばなし》であることを証明《しょうめい》したかったのだ。

「だけど太一《たいち》、何《なに》も起《お》こらないからと言《い》って、呪《のろ》われた少年《しょうねん》の話《はなし》をみんなにしちゃいけないぞ。本気《ほんき》で怖《こわ》がる子《こ》もいるからね」

「分《わ》かってるよ」

太一自身《たいちじしん》がいちばん怖《こわ》がっている。

わざわざ人《ひと》に言《い》うつもりなどなかった。

「もう～、変《へん》なツボは買《か》ってくるし、変《へん》な話《はなし》はするし、夕《ゆう》ご飯前《はんまえ》に疲《つか》れちゃったよ」

「そうね。はいはい、もうこの話《はなし》は終《お》わり。ご飯《はん》食《た》べましょう」

明菜《あきな》はそう言《い》うと、キッチンへ向《む》かおうとした。

## 明菜《あきな》

ふと、誰《だれ》かが呼《よ》んだ。男《おとこ》の人《ひと》の声《こえ》だ。

「あなた、なあに？」

明菜《あきな》は康介《こうすけ》のほうを見《み》るが、首《くび》をかしげている。

「私《わたし》のこと呼《よ》んだでしょ？」

「僕《ぼく》が？　呼《よ》んでないよ」

「じゃあ、太一《たいち》？」

大人《おとな》の男《おとこ》の声《こえ》だと思《おも》ったが聞《き》き間違《まちが》いだったのかもしれない。

しかし、太一《たいち》も首《くび》をひねった。

「僕《ぼく》も呼《よ》んでないよ」

「えええ⁇」

空耳《そらみみ》だったのだろうか？

明菜《あきな》は不思議《ふしぎ》に思《おも》いながら、再《ふたた》びキッチンに向《む》かおうとした。

**明菜《あきな》、こっちへ来《き》て**

また男《おとこ》の人《ひと》の声《こえ》がした。今度《こんど》ははっきりと聞《き》こえた。

明菜《あきな》は声《こえ》のしたほうを見《み》る。

声《こえ》は、康介《こうすけ》と太一《たいち》がいる場所《ばしょ》とは反対《はんたい》の、部屋《へや》の隅《すみ》のほうからした。

そこには、あの奇妙《きみょう》なツボがポツンと置《お》かれていた。

「今《いま》の声《こえ》って……」

明菜《あきな》はツボをじっと見《み》つめる。

フタの部分《ぶぶん》の蛇《へび》の頭《あたま》が、明菜《あきな》のほうに向《む》いている。

「……私《わたし》」

ツボを見《み》つめながら、明菜《あきな》はフラフラと歩《ある》き始《はじ》める。

「どうしたの？」

そんな明菜《あきな》に気《き》づき、太一《たいち》が声《こえ》をかけるが、まったく返事《へんじ》がない。

「ねえ」

太一《たいち》は不思議《ふしぎ》に思《おも》い、明菜《あきな》の服《ふく》を摑《つか》んだ。

すると、明菜《あきな》が立《た》ち止《ど》まり、ツボを見《み》ながら呟《つぶや》いた。

「……私《わたし》のこと……、**呼《よ》んでる**」

「呼《よ》んでる??」

康介《こうすけ》も同《おな》じようなことを言《い》っていた。

「お父《とう》さん、お母《かあ》さんが何《なに》か変《へん》だよ」

太一《たいち》はそう言《い》いながら、康介《こうすけ》のほうを見《み》た。

「えっ??」

康介《こうすけ》は、ツボのほうをじっと見《み》つめながら、その場《ば》でユラユラと揺《ゆ》れていた。

「お父《とう》さん、どうしたの？」

戸惑《とまど》う太一《たいち》をよそに、康介《こうすけ》はツボを見《み》ながら口《くち》を開《ひら》いた。

「……開《あ》けなきゃ」

康介《こうすけ》はその場《ば》でフラフラと動《うご》きながら、ブツブツと呟《つぶや》く。

**「ツボ……、ツボ……、ツボ……」**

「お、お父《とう》さん……？」

その姿《すがた》に太一《たいち》が戸惑《とまど》っていると、明菜《あきな》も呟《つぶや》いた。

**「ツボ……、ツボ……、ツボ……」**

明菜《あきな》も康介《こうすけ》と同《おな》じようにその場《ば》でユラユラと揺《ゆ》れながら、ツボを見《み》て呟《つぶや》き続《つづ》ける。

「な、何《なん》なの??」

太一《たいち》は2人《ふたり》の姿《すがた》に怯《おび》えながらも、部屋《へや》の隅《すみ》にあるツボのほうを見《み》た。

瞬間《しゅんかん》、声《こえ》がした。

## 太一《たいち》、こっち来《き》て

「今《いま》のは？」

声《こえ》はツボのほうからした。

太一《たいち》はツボのほうを凝視《ぎょうし》する。

フタの部分《ぶぶん》の蛇《へび》の頭《あたま》が目《め》に留《と》まる。

なぜか、その蛇《へび》の頭《あたま》から目《め》を逸《そ》らすことができない。

「……僕《ぼく》」

太一《たいち》は、ツボに向《む》かって、ゆっくりと歩《ある》き始《はじ》める。

**「ツボ……、ツボ……、ツボ……」**

太一《たいち》は呟《つぶや》きながら歩《ある》く。

**「ツボ……、ツボ……、ツボ……」**

康介《こうすけ》と明菜《あきな》もユラユラ揺《ゆ》れながら同《おな》じ言葉《ことば》を呟《つぶや》く。

太一《たいち》はツボの前《まえ》で止《と》まると、ユラユラと揺《ゆ》れながら、ゆっくりと手《て》を伸《の》ばした。

**「ツボ……、ツボ……、ツボ……」**

呟《つぶや》きながら、太一《たいち》はツボのフタを取《と》る。

刹那《せつな》、ツボの中《なか》から、冷《つめ》たい空気《くうき》が漏《も》れ出《だ》した——。


**「ここみたいだ」**

ウワサは10階建《かいだ》てのマンションの前《まえ》にやってきた。

手《て》の平《ひら》に浮《う》かぶ銀色《ぎんいろ》のペンの先《さき》は、このマンションを指《さ》し示《しめ》している。

災悪《さいあく》のツボを買《か》って帰《かえ》った人物《じんぶつ》は、ここに住《す》んでいるようだ。

辺《あた》りは日《ひ》が落《お》ち、暗《くら》くなっていた。

「ほんとに行《い》くのかな？」

ふと、マンションの壁《かべ》の中《なか》からミリアが現《あらわ》れ、そうたずねる。

恐怖《きょうふ》コレクター×呪《のろ》ワレタ少年《しょうねん》

**キャラクター初期《しょき》ラフを特別公開《とくべつこうかい》！**

# 千《せん》野《の》フシギ

赤《あか》いフードの少年《しょうねん》

# 壊《こわ》井《い》ウサ

赤い左目の少年

# ～ある会話《かいわ》～

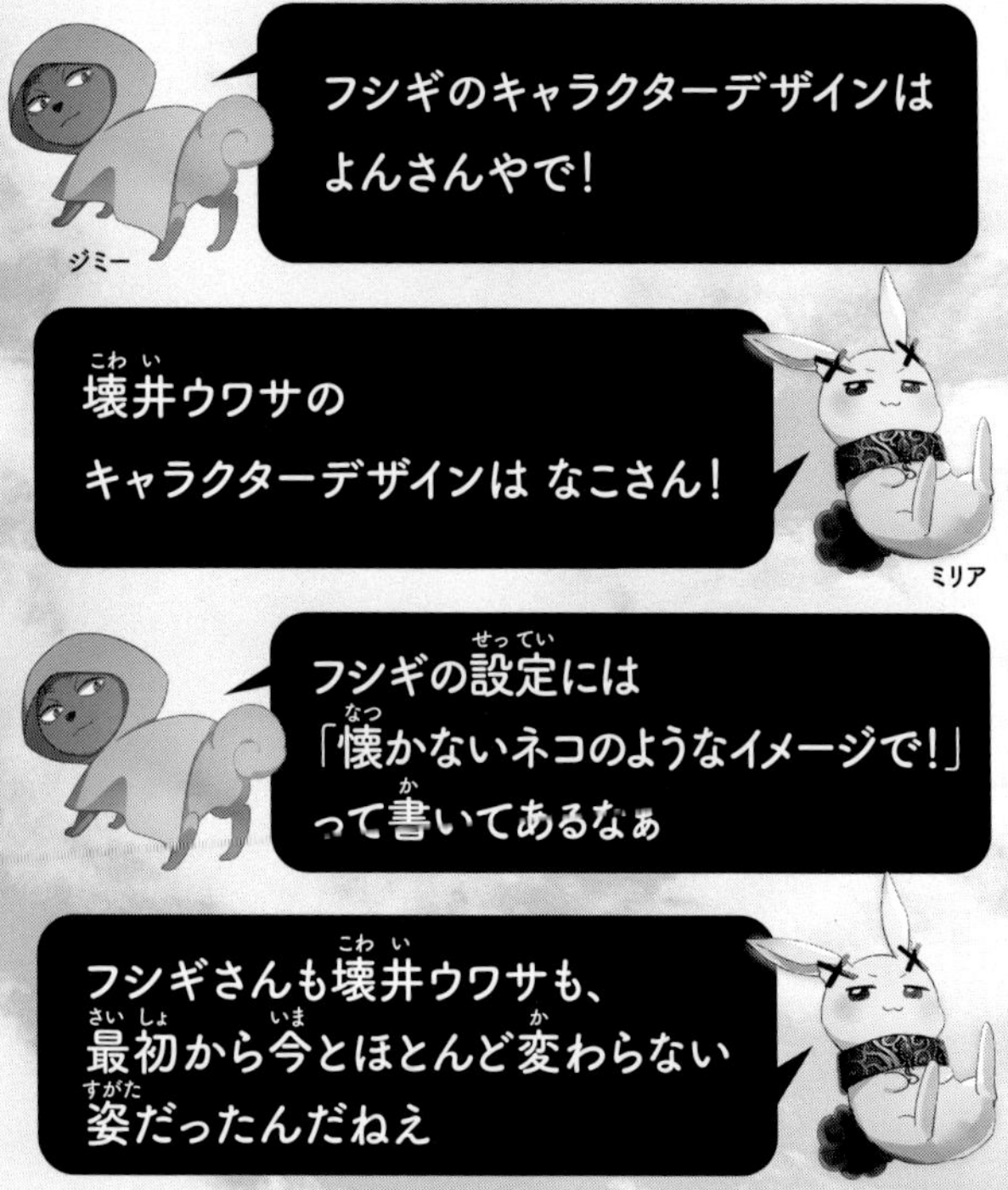


角川つばさ文庫

NOT FOR SALE

「当《あ》たり前《まえ》だろ」

ウワサの返答《へんとう》にミリアは、「ま、そうだよね」とほほ笑《え》んだ。

「だけど、**今回《こんかい》の災悪《さいあく》はかなりヤバそうだよ。**このマンションに入《はい》ったら最後《さいご》、キミは二度《にど》と戻《もど》ってこれないかも」

ウワサはその言葉《ことば》に一瞬《いっしゅん》ひるむが、すぐに目《め》に力《ちから》が入《はい》った。

**「それでも行《い》かなきゃ。僕《ぼく》のせいだから」**

「そっか」

ミリアはウワサの堅《かた》い決意《けつい》に、小《ちい》さくうなずく。

そして、呟《つぶや》くように言《い》った。

**「――7階《かい》にいるよ」**

それを聞《き》き、ウワサは驚《おどろ》く。

「それって、災悪《さいあく》のいる場所《ばしょ》ってこと?」

ミリアは何《なに》も答《こた》えず、また小《ちい》さくうなずいた。

「教《おし》えてくれるなんて……」

ミリアは今《いま》までウワサの行動《こうどう》をただ見張《みは》っているだけだった。

何《なに》かの力《ちから》になってくれたことなどない。

「どうして教《おし》えてくれたの？」

「まあ、たまにはいいかなって思《おも》ってね」

ミリアはピョンと跳《は》ねると、マンションのドアの前《まえ》に立《た》つ。

**「別《べつ》に協力《きょうりょく》する気《き》もないし、人間《にんげん》がどうなろうと知《し》ったことじゃないけど、早《はや》くしないと、マンションの人《ひと》たちはみんな大変《たいへん》なことになっちゃうかも」**


「えっ」

ウワサはマンションを見《み》つめる。

ミリアが何《なに》を考《かんが》えているのか分《わ》からない。

だが、今《いま》はそんなことを思《おも》っている場合《ばあい》ではない。

「僕《ぼく》が何《なん》とかしなきゃ！」

ウワサは意《い》を決《けっ》し、マンションに飛《と》び込《こ》んだ。

「うっ！」

しかし入《はい》って早々《そうそう》、ウワサはその異様《いよう》さに戸惑《とまど》う。
マンションの中《なか》が冷《つめ》たい空気《くうき》に満《み》ちていたのだ。

「災悪《さいあく》のせいだねえ」

ミリアが言《い》う。

「無事《ぶじ》に7階《かい》までたどりつけるかな？」

そのとき、エントランスの奥《おく》にあるエレベーターが1階《かい》に到着《とうちゃく》した。
ドアが開《ひら》き、中《なか》からこのマンションの住人《じゅうにん》らしき寝巻姿《ねまきすがた》の女《おんな》の人《ひと》が出《で》て来《く》る。
その姿《すがた》を見《み》て、ウワサは身構《みがま》えた。
女《おんな》の人《ひと》は、顔《かお》が青白《あおじろ》く、白目《しろめ》だったのだ。
女《おんな》の人《ひと》は、フラフラしながら、ウワサのほうへと歩《ある》いてくる。

「これは……」

「災悪《さいあく》に操《あやつ》られているみたいだねえ」

女《おんな》の人《ひと》は白目《しろめ》を向《む》けながらウワサに迫《せま》ってくる。

ウワサはそれをよけ、エレベーターに向《む》かおうとした。

瞬間《しゅんかん》、ウワサのそばにあった管理人室《かんりにんしつ》のドアが開《ひら》いた。

管理人室《かんりにんしつ》から、管理人《かんりにん》の中年《ちゅうねん》の男《おとこ》の人《ひと》が出《で》てくる。

管理人《かんりにん》はそのままウワサの服《ふく》を摑《つか》む。

その顔《かお》は女《おんな》の人《ひと》と同《おな》じように、青白《あおじろ》く、白目《しろめ》になっている。

**「離《はな》して！」**

ウワサは管理人《かんりにん》の手《て》を離《はな》そうとする。

すると、管理人《かんりにん》はウワサの顔《かお》のほうを見《み》て、口《くち》を大《おお》きく開《あ》けた。

**ハアァァアア〜**

管理人《かんりにん》が息《いき》を吐《は》く。

それは、ただの息《いき》ではない。

このマンションを包《つつ》み込《こ》んでいる冷《つめ》たい空気《くうき》と同《おな》じものだ。

**「うわっ！」**

ウワサはその息《いき》を吸《す》い込《こ》み、思《おも》わずよろける。

頭《あたま》が痛《いた》くなる。

意識《いしき》が一瞬朦朧《いっしゅんもうろう》としてしまう。

「気《き》をつけたほうがいいよ」

ふと、そばでその光景《こうけい》を眺《なが》めていたミリアが言《い》う。

「その息《いき》をいっぱい吸《す》っちゃうと、キミも彼《かれ》らと同《おな》じようになってしまうよ」

「えっ!?」

それを聞《き》き、ウワサはあわてて口《くち》を押《お》さえた。

管理人《かんりにん》と女《おんな》の人《ひと》が、ウワサに迫《せま》って来《く》る。

「来《く》るな！」

ウワサは彼《かれ》らを払《はら》いのけて、エレベーターに向《む》かおうとした。

そこへ、数人《すうにん》の人《ひと》たちがやってきた。

みな、顔《かお》が青白《あおじろ》く、白目《しろめ》になっている。

災悪《さいあく》に操《あやつ》られているようだ。

「くっ」

ウワサはエレベーターを諦《あきら》め、階段《かいだん》へと向《む》かう。

階段《かいだん》の前《まえ》にも大柄《おおがら》の男《おとこ》の人《ひと》が立《た》っていた。

大柄《おおがら》の男《おとこ》の人《ひと》はウワサを捕《と》らえようとする。

だがそれをよけ、ウワサは階段《かいだん》を駆《か》け上《あ》がった。

**「早《はや》くしないと、彼《かれ》らはみんな死《し》んじゃうかもね」**

階段《かいだん》を駆《か》け上《あ》がるウワサの横《よこ》で、ミリアが飛《と》ぶように階段《かいだん》を上《のぼ》りながら言《い》う。

操《あやつ》られている人《ひと》たちは、放《ほう》っておけば死《し》んでしまうようだ。

「キミがわりと早《はや》くここに辿《たど》り着《つ》けてよかったよ。1時間遅《じかんおそ》かったら、手遅《ておく》れになっていたと思《おも》うよ」

「そんな……」

銀色《ぎんいろ》のペンが、災悪《さいあく》が現《あらわ》れたのを知《し》らせたとき、たまたま海沿《うみぞ》いの商店街《しょうてんがい》の近《ちか》くにいた。

もしまったく別《べつ》の場所《ばしょ》にいたら、たとえ災悪《さいあく》のもとへ辿《たど》り着《つ》いたとしても、大勢《おおぜい》の犠牲者《ぎせいしゃ》が出《で》ていたことだろう。

**「急《いそ》がなきゃ！」**

ウワサは5階《かい》を越《こ》え、6階《かい》へと向《む》かう。

と、6階《かい》の出入《でい》り口《ぐち》から人々《ひとびと》が現《あらわ》れた。

みな、青白《あおじろ》い顔《かお》をしていて白目《しろめ》になっている。

7階《かい》へと続《つづ》く階段《かいだん》を塞《ふさ》ぐように立《た》つと、一斉《いっせい》に息《いき》を吐《は》いた。

「くうっ！」

ウワサは鼻《はな》と口《くち》を塞《ふさ》ぐ。

災悪《さいあく》はウワサが来《き》たことに気《き》づき、7階《かい》へ行《い》かせまいとしているようだ。

何人《なんにん》もの人々《ひとびと》が、階段《かいだん》を塞《ふさ》ぎながらウワサを捕《つか》まえようとする。

ウワサは服《ふく》の袖《そで》を摑《つか》まれ、その場《ば》に倒《たお》れそうになる。

しかし、踏《ふ》ん張《ば》り、彼《かれ》らに向《む》かって叫《さけ》んだ。

「上《うえ》に行《い》かせて！」

次《つぎ》の瞬間《しゅんかん》、ウワサは身《み》を屈《かが》め、塞《ふさ》ぐ人々《ひとびと》に体当《たいあ》たりをした。

**ガアアァァ**

体当《たいあ》たりをまともにくらい、数人《すうにん》がよろける。

ウワサは彼《かれ》らがよろけてできた隙間《すきま》を、素早《すばや》く通《とお》り抜《ぬ》けた。

「へえ、やるねえ」

ミリアが褒《ほ》める。

ウワサはそんなミリアをよそに、一気《いっき》に駆《か》け上《あ》がる。

そして、7階《かい》まで到着《とうちゃく》した。

**「どこだ⁉」**

7階《かい》に到着《とうちゃく》したウワサは、外廊下《そとろうか》から部屋《へや》を見回《みまわ》す。

部屋《へや》は10室《しつ》ほどあり、そのどこかに災悪《さいあく》がいるのだ。

冷《つめ》たい空気《くうき》が辺《あた》りに漂《ただよ》っている。

ウワサは必死《ひっし》に災悪《さいあく》のいる場所《ばしょ》を探《さが》す。

すると、いちばん奥《おく》の部屋《へや》のドアが、わずかに開《あ》いているのが見《み》えた。

「もしかして！」

ウワサはその部屋《へや》の前《まえ》へと走《はし》る。

冷《つめ》たい空気《くうき》がさらに冷《つめ》たくなり、肌《はだ》を刺激《しげき》する。

**「あそこだ！」**

冷《つめ》たい空気《くうき》は、わずかに開《あ》いたドアの中《なか》から流《なが》れてきているようだ。

部屋《へや》の中《なか》に災悪《さいあく》がいるはずだ。

ウワサは部屋《へや》の前《まえ》まで辿《たど》り着《つ》くと、ノブを握《にぎ》り、ドアを勢《いきお》いよく開《あ》けた。

そのとき——、

**ガシッ**

誰《だれ》かが、背後《はいご》からドアノブを持《も》つウワサの腕《うで》を掴《つか》んだ。

「くっ」

ウワサは操《あやつ》られている人《ひと》に掴《つか》まれたと思《おも》い、振《ふ》り払《はら》おうとする。

だが、その手《て》はさらに強《つよ》くウワサの腕《うで》を掴《つか》んだ。

**「やっと捕《つか》まえた！」**

声《こえ》を聞《き》き、ウワサはハッとする。

顔《かお》を向《む》けると、そこにはマコトが立《た》っていた。

「お前《まえ》のせいで、このマンションの人《ひと》たちが！」

マコトはもう一方《いっぽう》の手《て》で鼻《はな》と口《くち》を押《お》さえている。

彼《かれ》もこの空気《くうき》の危険《きけん》さに気《き》づいているようだ。

「やめて、マコトくん！」

ウワサはマコトの手《て》を離《はな》そうとする。

だが、マコトは鼻《はな》と口《くち》を押《お》さえているほうの手《て》も動《うご》かし、両手《りょうて》でウワサを掴《つか》んだ。

「お前《まえ》をこれ以上放《いじょうほう》っておくことはできない！」

押《お》し合《あ》いになり、ウワサとマコトは部屋《へや》の中《なか》へと入《はい》る。

ドアがバタンと音《おと》を立《た》てて閉《し》まり、玄関《げんかん》で揉《も》み合《あ》う。

「お願《ねが》い、やめて！　このままじゃ災悪《さいあく》が！」

「災悪《さいあく》が現《あらわ》れたのはお前《まえ》のせいだろ!!」

ウワサは必死《ひっし》にマコトの手《て》を振《ふ》り払《はら》おうとする。

しかし、マコトはその手《て》を絶対《ぜったい》に離《はな》そうとしない。

**「お前《まえ》が呪《のろ》われたせいで、みんなが！」**

マコトは怒《いか》りの形相《ぎょうそう》で叫《さけ》びながらも、その目《め》には涙《なみだ》が浮《う》かんでいた。

**「学校《がっこう》の友達《ともだち》が先生《せんせい》が、僕《ぼく》の家族《かぞく》が！　お前《まえ》のせいでみんな呪《のろ》われたんだ!!」**

その言葉《ことば》に、ウワサは一瞬《いっしゅんご》動きが止《と》まる。
マコトはウワサを壁《かべ》に勢《いきお》いよく押《お》し付《つ》けた。
そのまま押《お》し倒《たお》そうとする。
その刹那《せつな》、身体《からだ》が引《ひ》っ張《ぱ》られた。
ハッとして見《み》ると、洗面所《せんめんじょ》から誰《だれ》かが出《で》てきた。
それは、太一《たいち》と康介《こうすけ》、それに明菜《あきな》だ。

3人《にん》とも青白《あおじろ》い顔《かお》をして、白目《しろめ》になっている。

マコトは彼《かれ》らに身体《からだ》を摑《つか》まれ、思《おも》わずウワサから手《て》を離《はな》した。
**「やめろ！　うわっ！」**
そのままその場《ば》に倒《たお》れる。
康介《こうすけ》たちがそんなマコトに乗《の》りかかる。
一方《いっぽう》、ウワサは戸惑《とまど》いながらも、廊下《ろうか》の向《む》こうにあるリビングを見《み》た。
リビングのほうから冷《つめ》たい空気《くうき》が流《なが》れている。

災悪《さいあく》はそこにいるはずだ。

ウワサはリビングのほうへ向《む》かおうとした。

**「うわああ！」**

瞬間《しゅんかん》、マコトの悲鳴《ひめい》が聞《き》こえた。

見《み》ると、太一《たいち》たちがマコトに向《む》かって息《いき》を吐《は》いている。

**「うわああ！　やめろお!!」**

押《お》さえられたマコトはその息《いき》を防《ふせ》ぐことができず、もがいていた。

「3人《にん》に同時《どうじ》に息《いき》を吐《は》かれるなんてねえ」

いつの間《ま》にか横《よこ》にいたミリアが、ウワサに冷《れい》静《せい》な口調《くちょう》で言《い》う。

**「もしかしたら、彼《かれ》、操《あやつ》られる前《まえ》に死《し》んじゃう**

かも」


「そんな！」

ウワサは急《いそ》いでリビングに向《む》かおうとする。

だが、災悪《さいあく》と戦《たたか》っている間《あいだ》に、マコトが死《し》んでしまうかもしれない。

「そんなの……」

ウワサは顔《かお》を上《あ》げ、マコトをじっと見《み》つめた。


「マコトくん!!」


ウワサは康介《こうすけ》たち3人《にん》に体当《たいあ》たりをすると、マコトを引《ひ》っ張《ぱ》る。

「マコトくん、大丈夫《だいじょうぶ》??」

「ど、どうして??」

マコトは朦朧《もうろう》としながらも、ウワサが助《たす》けてくれたことに驚《おどろ》く。

そんなマコトに、ウワサは叫《さけ》んだ。

**「マコトくんは、僕《ぼく》の友達《ともだち》だから！」**

「友達《ともだち》……」

ウワサは戸惑《とまど》うマコトをリビングまで引《ひ》っ張《ぱ》ると、ドアを閉《し》めた。

**ドンドン　ドンドン**

廊下《ろうか》の向《む》こうから、康介《こうすけ》たち３人《にん》がドアを叩《たた》く。

ウワサは必死《ひっし》の形相《ぎょうそう》で、部屋《へや》の中《なか》を見《み》た。

「あっ！」

部屋《へや》の隅《すみ》に蛇《へび》がとぐろを巻《ま》いたようなツボがある。

そのツボから、冷《つめ》たい空気《くうき》が白《しろ》くなって溢《あふ》れるように漏《も》れ出《だ》していた。

**「あれだ！」**

ウワサは銀色《ぎんいろ》のペンを強《つよ》く握《にぎ》る。

ペンの表面《ひょうめん》に見《み》たこともない奇妙《きみょう》な模様《もよう》が浮《う》かび上《あ》がる。

ペンを走《はし》らせると、宙《ちゅう》に青白《あおじろ》い炎《ほのお》が現《あらわ》れ、円《えん》が描《えが》かれた。

ウワサは、円《えん》の中《なか》に見《み》えるツボを睨《にら》んだ。

ウワサの目《め》が光《ひか》る。
その目《め》に何《なに》かが視《み》える。

**「すべての災悪《さいあく》を、この光《ひかり》によって打《う》ち消《け》さん！　お前《まえ》の名《な》は――」**

ウワサはペンを走《はし》らせ、空中《くうちゅう》に文字《もじ》を書《か》いた。

# アステカノツボ

アステカのツボから漏《も》れていた冷《つめ》たい空気《くうき》が止《と》まった。
ツボが小刻《こきざ》みに動《うご》く。
ツボにヒビが入《はい》り、光《ひかり》が漏《も》れ出《だ》す。
そのまま、粉々《こなごな》になって消滅《しょうめつ》した。

**バタンッ**

廊下《ろうか》のほうから大《おお》きな音《おと》がした。

「呪《のろ》いが解《と》けて、みんな気《き》を失《うしな》っているようだね」

ミリアがドアのほうを見《み》てそう言《い》う。

**「何《なん》とか、誰《だれ》も死《し》なずにすんだねえ」**

どうやらマンションの人《ひと》たちも助《たす》かったようだ。

一方《いっぽう》、マコトは頭《あたま》に痛《いた》みを覚《おぼ》えながらも、ウワサのほうを見《み》た。

「ど、どうして、助《たす》けたんだ……？」

ウワサの行動《こうどう》をマコトは信《しん》じられないでいた。

そんなマコトを、ウワサはチラリと見《み》る。

**「マコトくんは僕《ぼく》が助《たす》ける」**

「そ、それはさっき聞《き》いた……」

マコトが言《い》うと、ウワサは首《くび》を小《ちい》さく横《よこ》に振《ふ》った。

**「僕《ぼく》が、必《かなら》ず何《なん》とかする。学校《がっこう》のみんなも、マコトくんの家族《かぞく》も、そしてマコトくんも」**


**「えっ⁉」**

ウワサはフラつきながらも、部屋《へや》を出《で》て行《い》く。

マコトはウワサの姿《すがた》を目《め》で追《お》いながらも、追《お》いかけるという選択肢《せんたくし》を忘《わす》れていた。

「今《いま》……、なんて言《い》ったんだ？」

マコトはふと、リビングの窓《まど》に反射《はんしゃ》して映《うつ》る自分《じぶん》の姿《すがた》を見《み》た。

**「まさか、僕《ぼく》も……、呪《のろ》われているの……？」**

マコトは誰《だれ》に言《い》うでもなく、そう呟《つぶや》いた。


**「ついに言《い》っちゃったんだねえ」**

マンションの屋上《おくじょう》に、ひとりの女《おんな》の子《こ》が立《た》っている。

女《おんな》の子《こ》は、マンションを出《で》て道路《どうろ》を歩《ある》いて行《い》くウワサを眺《なが》めていた。

「マコトくん、まだあの子《こ》のことを捕《つか》まえようとするのかな？」

そう言《い》いながら、フッと笑《わら》った。

「ま、私《わたし》は見届《みとど》けるだけだけどね」

女《おんな》の子《こ》は跳《は》ねるようにジャンプする。

すると、その姿《すがた》がウサギに変《か》わった。

ミリアだ。

ミリアはそのまま軽《かろ》やかに後《うし》ろ脚《あし》で蹴《け》って飛《と》ぶと、消《き》えてしまうのだった。

# あとがき

**鶴田《つるた》** 『恐怖《きょうふ》コレクター』だけでなく、『呪《のろ》ワレタ少年《しょうねん》』にも熱烈《ねつれつ》なお便《たよ》りが届《とど》くようになりましたね。

**佐東《さとう》** ありがたいですね。

**鶴田《つるた》** こんな事《こと》が書《か》いてあります。「私は『呪《のろ》ワレタ少年《しょうねん》』の世《せ》界《かい》に入《はい》れたらやってみたいことがあります。それは怖《こわ》いかもしれないけど、ウワサくんとマコトくんの両方《りょうほう》のお手伝《てつだ》いをして、スパイみたいなことをやってみたい」

**佐東《さとう》** スパイですか？（笑《わらい》） でも、『呪《のろ》ワレタ少年《しょうねん》』を本当《ほんとう》に気《き》に入《い》ってくれてるんですね。

**鶴田《つるた》** 大感謝《だいかんしゃ》だね。それに、こんな事《こと》も書《か》いてあります。「ウワサくん、マコトくん、ミリアの3巻《かん》までの情報《じょうほう》を整理《せいり》しました」ということで〝考察図《こうさつず》〟を描《か》いてくれてます。

**佐東《さとう》** 皆《みな》さんにお見《み》せできないのは残念《ざんねん》ですが、凄《すご》い図《ず》ですね。

**鶴田《つるた》** しかし……、つまりは、『呪《のろ》ワレタ少年《しょうねん》』の設定《せってい》が分《わ》かりづらいということかしら？

**佐東《さとう》** 実《じつ》は、我々《われわれ》が分《わ》かってないですからね（笑《わらい》）。でも、今後《こんご》、分《わ》かってくることですからね。

**鶴田《つるた》** 今回《こんかい》の4巻目《かんめ》で、ウワサとマコトの仲《なか》が良《よ》かったときの事《こと》が多《た》少《しょう》は分《わ》かりますからね。

**佐東《さとう》** ミリアもただの〝使《つか》い魔《ま》〟と思《おも》ったら、実《じつ》は……、という事《こと》もありますからね。

**鶴田《つるた》** それにしても、この〝考察図《こうさつず》〟がとても知的《ちてき》だな。我々《われわれ》よりもしっかりしている感《かん》じがする。

**佐東《さとう》** 実《じつ》は、僕《ぼく》は図《ず》を作《つく》るのが苦手《にがて》なんですよ。例《たと》えば、映画《えいが》の脚本作《きゃくほんづく》りで〝ハコ書《が》き〟って方《ほう》法《ほう》があるじゃないですか？

**鶴田《つるた》** お話《はなし》の進行上《しんこうじょう》でポイントになる部分《ぶぶん》をメモ用紙《ようし》に書《か》き出《だ》して、それを色々《いろいろ》と並《なら》べ替《か》えて図《ず》のようにして物語《ものがたり》を構築《こうちく》する方法《ほうほう》だね。

**佐東《さとう》** ええ、それが苦手《にがて》なんです。

**鶴田《つるた》** 確《たし》かに、佐東《さとう》さんはとにかく文章《ぶんしょう》で〝あらすじ〟を作《つく》ってくるものね。〝ハコ書《が》き〟で考《かんが》えると計算《けいさん》できる展開《てんかい》や結末《けつまつ》になる不安《ふあん》はあるよね。

**佐東《さとう》** 僕《ぼく》の持論《じろん》ですけど、結末《けつまつ》を考《かんが》えて逆算《ぎゃくさん》して書《か》くと「バレる」と思《おも》うんですね。

**鶴田《つるた》** それは経験的《けいけんてき》に一理《いちり》あるなぁ。

**佐東《さとう》** だから作者《さくしゃ》も「どうなるんだろう？」とワクワクしながら書《か》いていくやり方《かた》で間違《まちが》ってないと信《しん》じたいですね。

**鶴田《つるた》** このお手紙《てがみ》にはこんな事《こと》も書《か》いてある。「『恐《きょう》コレ』や『呪《のろ》ワレタ少年《しょうねん》』は物語《ものがたり》の予想《よそう》が付《つ》かなくてすごく面白《おもしろ》いです」。佐東《さとう》さんの持論《じろん》は間違《まちが》ってないですよ。

**佐東《さとう》** 思《おも》いついた事《こと》を、出《だ》し惜《お》しみしないのが良《よ》いのでしょうね。

**鶴田《つるた》** それが絶対重要《ぜったいじゅうよう》だと思《おも》う。

**佐東《さとう》** ありがたいですね。

**鶴田《つるた》** ところで、「『呪《のろ》ワレタ少年《しょうねん》』の略称《りゃくしょう》は？」という質問《しつもん》を幾《いく》つか受《う》けてるのだけど……？

**佐東《さとう》** 「私《わたし》は『呪少《のろしょう》』と呼《よ》んでます」って書《か》いてあるお便《たよ》りもありますね。

**鶴田《つるた》** 『呪少《のろしょう》』か？ 悪《わる》くはない気《き》がする。でも、『のろしょう』か『ノロショウ』のほうが表記的《ひょうきてき》に良《よ》いような気《き》もします。

**佐東《さとう》** ああ、なるほど。次巻《じかん》までの宿題《しゅくだい》ですね。

**鶴田《つるた》** そうだね。次巻《じかん》もお楽《たの》しみに！ お便《たよ》りを待《ま》ってます！

二〇二四年《ねん》 十二月《がつ》

佐東《さとう》みどり
鶴田《つるた》 法男《のりお》

佐東《さとう》みどり先生《せんせい》・鶴田法男《つるたのりお》先生《せんせい》・なこ先生《せんせい》への
お手紙《てがみ》は角川《かどかわ》つばさ文庫編集部《ぶんこへんしゅうぶ》へどうぞ！

## おたよりのあて先《さき》

〒102-8177
東京都千代田区富士見《とうきょうとちよだくふじみ》 2-13-3
角川《かどかわ》つばさ文庫《ぶんこ》
『呪《のろ》ワレタ少年《しょうねん》』係《がかり》

・お話《はなし》の感想《かんそう》や、この本《ほん》の中《なか》で
印象《いんしょう》に残《のこ》った場面《ばめん》があったら、教《おし》えてね。

・キミたちのまわりにある怖《こわ》い話《はなし》があったら、教《おし》えてね。

※お送《おく》りいただいた怖《こわ》い話《はなし》は、
物語《ものがたり》に使《つか》わせていただく可能性《かのうせい》があります。

## イラストのあて先《さき》

〒102-8177
東京都千代田区富士見《とうきょうとちよだくふじみ》 2-13-3
角川《かどかわ》つばさ文庫《ぶんこ》
『つばさちゃんファンクラブ』係《がかり》

※全部《ぜんぶ》は紹介《しょうかい》できないかもしれませんが、
編集部《へんしゅうぶ》みんなで読《よ》ませていただきます。

※ホームページ、チラシ、宣伝物《せんでんぶつ》で
紹介《しょうかい》させていただくことがあります。

次号予告《じごうよこく》
人間《にんげん》の女《おんな》の子《こ》の姿《すがた》になった
ミリア。
呪《のろ》われた少年《しょうねん》たちの
秘密《ひみつ》を知《し》っている
のか……？
呪《のろ》ワレタ少年《しょうねん》5
佐東《さとう》みどり　鶴田法男《つるたのりお》・作　なこ・絵
2025年《ねん》夏《なつ》ごろ
発売予定《はつばいよてい》！

角川つばさ文庫

**佐東みどり／作**
電波少年的放送局企画部「放送作家トキワ荘」出身の脚本家、小説家。アニメ『サザエさん』やドラマ『念力家族』の脚本を担当。ベストセラーとなった角川つばさ文庫「恐怖コレクター」シリーズの著者でもある。

**鶴田法男／作**
映画監督・作家。Ｊホラーの原点、ビデオ映画『ほんとにあった怖い話』で監督デビューし、同名テレビドラマが夏の風物詩となる人気番組に。角川つばさ文庫『恐怖コレクター』で小説もヒット。主な映画に『リング０　バースデイ』『おろち』など。

**なこ／絵**
柔らかく温かみのある光の表現が得意なイラストレーター。
三度の飯よりかわいい女の子が好き。

角川《かどかわ》つばさ文庫《ぶんこ》

**呪《のろ》ワレタ少年《しょうねん》④**
**彼《かれ》だけに見《み》えるもの**

**作《さく》　佐東《さとう》みどり　鶴田法男《つるたのりお》**
**絵《え》　なこ**

2024年12月11日　初版発行

発行者　山下直久
発　行　株式会社KADOKAWA
〒102-8177　東京都千代田区富士見 2-13-3
電話　0570-002-301（ナビダイヤル）
印　刷　大日本印刷株式会社
製　本　大日本印刷株式会社
装　丁　ムシカゴグラフィクス


ISBN978-4-04-632336-1　C8293　N.D.C.913　199p　18cm



**読者のみなさまからのお便りをお待ちしています。下のあて先まで送ってね。**
**いただいたお便りは、編集部から著者へおわたしいたします。**
**〒102-8177　東京都千代田区富士見 2-13-3　角川つばさ文庫編集部**